川中子義勝詩集

Kawanago Yoshikatsu

新・日本現代詩文庫
146

土曜美術社出版販売

新・日本現代詩文庫　146　川中子義勝詩集　目次

詩篇

詩篇

詩集『眩しい光』（一九九五年）抄

部屋

あかるくふくらむ　やみ
くらくとじる　ひかり
どこかにくっきりとうかびでた輪郭があるようだ
そう　わたしは部屋かもしれない
たしかにわたしは切りとられてある
なにから？　どのように？
それともわたしのこの意識こそ
世界を水草の林のようにふるわせているのか

ゆうぐれ　世界のてりかえし
ほてりはすぐにさり　風景はかたむいていってし
　まう　私は知っている
しかしほのぐらいわたしの部屋
それもまた凍えていくときにたたずむのか
わたしのひろがりは私をつなぎとめるにはおおき
　すぎるのだ
わたしはしずかにうかびあがる
　　　　　いけない！　とこの時
わたしにむかって収束するおもい響き　わたしを
　打つ
ああ　どちらからふれたのだ？　その声は
わたしが容器にすぎないとしたら――

いまにもあふれそうなわたしの部屋
しかしわたしの眼差しはなにもきりとれぬまずし
　い窓
つばさのない言葉ばかりが殖えていくので
かえって世界はみぶるいする　すると
はるかに水面をうつ光粒子のように

なにかがふりおとされ　しみとおってきて
わたしの内部のひたいに　私のかたちをきざむ

落日

ゆうぐれ　こくこくと色彩はきりとられ
まよこから僕の輪郭を彫りつける
とおいほのおのゆらめくとき
風であろうか　ひえびえと
かくも　深奥から
なにかが僕のひたいをほてらせて
階下　血脈のようにのびあがる時計の刻み
僕の内臓はしだいに無口になる
すすけたガラスをへだて
火山がくろくしずんでいる
風であろうか　かくもいちずに
僕をひとしきりはためかせるもの
このひろがりのなかでかぎりなく
僕をあらわなつちくれにかえすもの
いま　うちとそと
あやういつりあいはやぶれ
ひかりとやみが喰いあうだろう
夢のように　部屋はおおきくかたむきたわみ
僕はいきなり投げだされる
虚空にもがいてしばし
はげしく夜の鼓動にふれるのだ

残像

闇はかならず埋もれていた
はるか見つめていた海原のはて
ひとり佇んでいた雑踏のかたすみ

いかに目を覆ってもおおいきれず
いかに手をかざしても脅かせなかった

――いつだったか
いまだ無垢に憩っていた歳《よわい》に
誇らかに見上げる眼差しを
あらんかぎりの耀きをもって
まっさかさまに墜ちてきたもの
まっさおな夏至の空へと
ぼくの部屋は無惨に剝げおちていた
窓枠いっぱいの陽射しにあふれて

それから朝ごとの身づくろいに
どんなに冷水に浸してみても
穿たれた痕は額から消えなかった
降りしきるものはあまりに眩しく
ぼくにはもう逃れ場すらなかった

汗ばむ壁面を色彩はどよめいてめぐり
網膜ふかく刺はますますしみいったから
ぼくは両手に額をしずめ
ひそかに治癒を夢見てきたが

あだに月日を費やしたものだ
それはかつて知神の怒りにふれた男が
担わねばならなかった徴のまばゆさ
傲りの翼を灼かれ波間に沈んだ若者が
生涯の漂流を強いられたはじめだ
いな　敬虔の民が直視を忌んだもの
使徒の肉に突きたっていた棘だ

無心に万華鏡に見入る子どものように
ひとはおのれの瞳のうちを見つめ
結ぶ像のひとつひとつを数えては
その所有をいっそう貪欲に確保せんと

掻きむしる胸や胴や下腹から
巧みに生涯を証してみせたが
転ぜられねばならなかったのだ　むしろ
光学こそはさかしまに――

見よ　ふたたびくろぐろと
部屋は杭のようにぬけおちる
背後より白壁はしずかに迫る
窓枠いっぱい　樹木はせりあがり
空中　憑かれとぶ日輪に
なにかが昏くかさなってきて
そら　凝視のむこう
あらわにとびかう
険しいひかり

嵐

1

ちかいのか　地よ　時はちかいのか
ごうごうとかたむく空のもと
たわむ樹木と　しなう地平と
蒼ひといろにそまりゆく石英の街と
土塊のなかへと声をうちこむ険しいひかり

……こわばる意識の一点透視
くらい肋骨の林のなか
せりあがりそびえたち樹木は裂ける

2

雲の蜂起のあくなきくりかえし
このあらあらしい畏れのなかを
たけりたち　駆けめぐる闇とひかりと
　投げかわせ　ありあまるいのちと
うずくまる祈りのすがたは
勝ちほこる意欲の像へと
　湧きあがり……
　　たくみに織りこまれた確執は
ついにひとつの格闘するたましいをみちびく
ひかりよ　しなやかな気圏のけものよ
世界のおおきな肢体ふるわせ
くすぶるくだけるなだれちるけものたち

3

　……ふいに形象はとおざかり
あっけなくそそりたつはいいろの
そらは巨大な方形のきれはしにかわり
いまはひびわれた共鳴音と
いやしえぬうつろをのこし……
ひと夜とどろいた万有のゆくえはしれず
あらしははるかに現象をこえた

4

うなだれる羊歯のしずくに
いままたつめたい群をなして
きしみはじめるひかりの圧力
　　大気はその身ぶるいでささやく
（いずれの方位にも風の痛み！
　邪悪なときにいだかれ
なおみちみちよ　愛よ　ひかりよ

樹木をしずめ　森をしずめ　水路をもしずめて
世界はしずかに切迫をたたえ
南天にくらい真昼はめぐる

夕立

あまたの家並みを撃ちひしぐように
ふいに訪れくる　天の軍勢
せわしげでよそよそしかったひとびとの街に
あざける身ぶりで樹木がたちあがる
家路の急ぎを先に追い越されて
戸口にふりむき　ひとは眼をみはるのだ
家具の隙間に鳴り静まるまで
思いもよらぬ記憶の弦を掻きならされて

夜

大地にのしかかる夜の相貌をくまどるように
栗の木はその梢をゆすっている
とおい山塊へといざなわれ
倦むひとの　ついにひとりも立ちおおせぬ
明け方ちかいこの夜のうねり
太古の住処をわたる風は
わたしをうつろな洞窟のようにとどろかせ
すでに畏れるものもない世界のあまたの夜を
かろうじてひとつの楽器に変える

林檎

ひときわきりたつ雨音にまぎれ
せわしく時をくぎり
なげうたれ　地上に砕けちるひびき

夜をくしけずる木々の梢に
けわしく交錯する闇と光を
つぎつぎに羽ばたくものの影がよぎる

降りしきる霙に　枝はもうこらえきれず
果実を虚空にはねあげるのだ――

　　うっそうとどよめく意識の森から
いままたひとつ舞い上がる果実

まどろみはしっとりと夜半の梢に熟し
　ひとつひとつくっきりと軌跡をしるし
　　あざやかに夢の敷居に臓腑をさらす

――林檎はおのれの酸味にむせびつつ
ひとり闇い地面を噛みつづける

幕雷

雄鹿は身をふるい
すばやく夜露をぬぎすてる
しなう枝先に
顎はするどく弧を刻みつける
しっとりと咽ふかく
ほとばしる甘酸いいのち

あれはなんだったのか
いまも胸深くたじろぐ
小心の群れのまどろむ
漆黒の森の果て
熱い沼のほとりに躍りいでた刹那
そそりたつ　雲の天幕を
みしらぬ罪の重さで引き裂いたあれは――

哮り　戯れ　空をめぐる哄笑
駆ける雄鹿　うつつの森を奔《はし》る
死にものぐるいにひたはしる

仔馬

まっしぐら森を駆けぬけると
いきなり空がそそりたち
おおきな音色のひろがりが
たちまちぼくの眼のすべてになった
かしぐ風の穂先はくずれ
はるかなにかがおちかかり
はげしくぼくを撃ちすえた
真夏　たけだかいくさむらにかくれ
ひとりぼくはうずくまる
いわれなく傷をうく
このあかるいあかるい無念さを……

あたりは突然の大驟雨
さながら世界のてっぺんから
碧玉をいっせいにまきちらす
ゆらめく草木のへりをほの照らし
きれぎれに上空を漂うひかり
どよめく黒雲の高笑いは
空いちめんの反響をよびかえす

うつうつと電撃のとどろくあたり
曇天黒群の大乱舞
たくわえられた熱と伝承と
湧きあがる空の交歓
鳥はちりぢりに　いきなりみだれ
とおい雨雲のきれめから
それぞれの獲物のありかに墜ちる

……草木も岩も雫のなかに
事物はしずまりみなもとのように
ひかりよ　銀のつるぎもて
ゆくりなく世界をきりつけよ
ふたたびきこえる　樹木のように
雫をふるって立ちあがれと
ほら　声もすべりゆく
今夜はずいぶん走るだろう
ずうっと東の頂から
しきりにぼくを呼んでいる

鷺山

枯草を風がわたる
ひかりにまみれ
風はしずかにながれていく
鳥の群れの低徊するあたり
ひとしきりよどみはするが
四周にその翳をひるがえし
大きな存在をしらせていく

そらのかげりはあくまであおく
息はかすかに　にわかにはげしく
つめたくよぎる　畏れのいのち
きしきしと日差しは地面にあかるく

枝々には転落するすがたもなく
深みを失った風景のなかに
きわまりない大空の無力のなかに

あゆみゆくひとりの姿よあれ
ともにこの地のひろがりを見つめ
髪をいたずらにひるがえすばかり
ともにこの乏しい眩しさを
あまねく耀かすこともできぬとはいえ
うつろな時間の延長をかぎり
わたしに輪郭を与えてくれるひとよ

ああ　めくるめきひかりの
錯乱のなかをゆきすぎるひとよ
そのふるえるすがたのままに
うちにはじける大気のあるならば
風よ　その胸深くながれこむ

あたたかい息吹となり
たしかにしるす命のすじみちとなれ

楔

みながみな　波だちさわぐこの風の朝に
ひそやかにも道はすでに通じている

ひとときまとわり　ふかく結びあったのち
厳しくうちこまれた風の楔のように

研ぎすまされた思念の刺《はり》を報酬として
たがいの眼差しの苦さをとどめおこう

それぞれの風向の　陽《ひ》の圧力のなかへ
おもいおもいの翳をさらして

横吹

さかみちは　そらのふかみへ
さわさわと草はまとわり
いただきにひかりつめたく
すみわたる朝の沢鳴り
むねふかくひそむしらべは
ひそやかにちからをみちびき
ときにさかまくこころは
あふれてはこの草むらをつらぬく

Nao はどこにかくれたのか
Yukko は崖下から大声で叫ぶ
その手にさるおがせやら
すんとのびたちからしばのたぐいを
ころびそうに駆けあがってきては

誇らしげにつきだしてみせる
はすに見あげる笑顔のなかに
対象に向けられた知恵の
あの瞬時のきらめきがある
村はもうとうに林にかくれ
うすあおく雑木はかげる
わたしはとおくにきく
いくたの桎梏を担い
愛《かな》しみもまたひとつの学びと

まこと試練こそはひとを鍛え上げよ
木の葉はすでに褐色におとろえ
蔦はその緊張をときはなつ
梢は西風をしばしはとどめ
やがていっせいにすざまじく轟く
ふりかえれば渓のあちこちに
冬はもう前衛をおくっている

雲はましろに思念のよどみなく
濾過されたひかりしずかにただよう
ああ　さかみちは空のふかみへ
りんりんと見つめるひとつのちからへ

天秤

今朝わたくしは見た
蒼天にかかる
うつくしい天秤のかたちを

ふりしきる木琴の音階のそこに
かなしくもかがやく炎を灯し
かたらいさざめく人々のすがたを

いまなおこの鍵盤をたたいている

畏れとも　歓びとも
分かつことのできぬそのひとつの響き

わたくしは一日を駆けつづけてきた
つめたく交錯する現象のかなた
つもりゆく愛《かな》しみにいたる途を

讃歌

Kandersteg

わたくしのたたずむこの一帯
大陸の老化した岩盤の
せりだした褶曲のその突端
昨夜の降雨にやわらかくぬれた
斜面のつらい登攀ののち
牧場の囲いのはずれにたてば
足もとはふかくおちこんで

気流はいっきにかけあがってくる
流れにゆるやかに全身をまかせ
むしろ翼に風向をよびこむように
舞いたわむれる高貴な猛禽の二羽
ひかりは岩をつくり
しずくは雲をつくり
湧きたつものは一方で凝固し
ひらくものは他方でとざされる
それぞれが互いのうちに己れを展開し
進展していくこの天辺に
どうして彼らやこのわたくしだけが
わけへだてられてあるだろう

湖は逆光のまぶしい鏡となった
かなたに身をのけぞらせ
こなたにいたけだかにせまる山塊
雲の峰はいくえにも崩れ

四方に危険な尖塔をめぐらし
石盤に白い幾何図形をころがす
とどめなければあまりに巨《おお》きくなり
ついには発散しきってしまうものを
空は蒼くあおくたもちつづけ
堪えつつもじつは何をも留めてはいない
あのあたり　無辺への境があって
時をこえ　ところをこえて
果てしなく昇りゆくものと
果てしなく降《くだ》りくるものとが
ひとしく釣りあっている
その出会いの尖端に
鳥はその飛行を彫琢しつづける
万化の源に身をゆだねるものは
まこと倦むことをしらぬ
たゆまず翼をかって翔《かけ》りあがる

拠りたのむものは
頑健な翼と駆りたてる意欲
羨望されつづけたあの猛禽のすがた
かつてひとびとがひたすら願ったのは
他にとりいらぬあの種族の自由
あの自在な天涯の飛翔だった
驕りと憂いにあけくれて
ついには愚昧となりおわる生
そんな足枷を曳く境地ではなかった
　……だがわたくしもまたひとも
みずからの手腕で喜悦を招こうと
おのが天性や洞察に恃むのが
滅びたるもの　咎おおきものの
みずからをおとしめる常套だ
（つきなみにひとは己れを愛す）
むなしいものを慕いもとめ
みずからむなしく乾涸びる

くっきりと稜線がうかべば
やがては北の斜面をゆかねばならぬ
敷石と濃霧に閉ざされた街に
幾月かを生活と思索におくるため
この地までひそかに携えきた依託を
いくたびか　問いかえし
見栄えなき苦難のひとよ
あなたからわかたれた悲しみを
あたうならばいまいちど光にかざし
いまいちどひとに投げわたすために
いまはわずかにいえる
もはやいかなる名も憎しみとはせぬと
かくして顕されるひとつの名があると
とおい太古のむかしから
昼は昼に　夜は夜に歌いつがれたその名を
直截にうたいえたものはあった

生きて生まれる造化の秩序を
己が生に結びえたもの
あの猛禽のように
ひとたび気圏の端にみちびかれ
やがてつつましく地上にたち戻ったもの――

鳥はいつしか去る
青い座標系のみ残るであろう
わたくしもまた往かねばならぬ
万物の放散するこの根源の域をはなれ
さらにありふれた空のはずれを
さらに力強く羽ばたく飛翔へと
まことのうたをたずねもとめて
悠久のはじめ
氷河の亀裂にしたたりおちた滴は
砂礫の底に幾条の流れを合わせて
険しい岩角でついにいっさいをふりきり
あの真っ白い轟きの柱となった
響きの届かぬこの懸崖には
ただ草の穂が耳もとで揺れ
足先でふたたび揺れ
酪牛の口もとあたりでまたゆれる
この静かさを透明に
刻みゆく振り子の気配がみちる

悲歌

ロマ書八章二二・二三節

どこかでぎこちなく鳥がなく
つめたく見知らぬ雑木林をとおり
ああひとよ　いまわたくしは
どんより黄ばんだ雨雲のした
うずたかい朽葉と濃霧の径を
かなしみの果てしない探索ののち

すっかりこごえて家に帰ってきた
いまはどうにもふるえがとまらず
白壁さえもがみょうにゆがんで
ぐるぐる回りはじめるので
こうして筆を握るのは
ひたすら熱につかれているとき
趨《はし》りつづけるわたくしのさらに先を
いっそう激しく駆けめぐった
あのもろもろの影と姿に
いまここできっぱりと
形を与えてやらなければならないから――

乳白の大気がひらけると
断層のむこう　地は溶解してしまった
さえぎられて谷底に渦巻く気流は
どうとわたくしの四肢をたたき
肋骨《あばら》を砕かんとする勢いだったが

それは出がけに上着の胸に
携えきたきみの書簡ゆえ
いっそう身にしむ邪慳な笑いだった
わたしはさんざんにしなう樹木となり
とおい文明の祭壇をひしめく
呪詛を聴いた　巫術を視ていた
いつかこのわたくしに
きみはいちわの漂鳥をゆだねてくれた
その傷ついた翼を
天然のかぎりない癒しへと
委ねたのはこのわたくしだったけれど
いまは森も小径も空も唐檜さえも
むしろ咆哮する獣の姿をまとい
これに応えてわがうちに起ちあがる鎌首は
狂躁《オルギア》をもって断崖へと逐いせまった
わたくしの眼差しはよろよろと
郷里の懐かしい蜻蛉《せいれい》にあこがれ

あまがけるその曲線を幻にみる

さいわいは　ひとよ　さいわいは
あの陰鬱に湿った蔦や藪のかげの
いよいよものも狂わんばかり
つらさせつなさのきわまるところ
諦念すらおさめえぬところに
ほのかにたちのぼる木の香のよう
われしらずあふれくる
やさしい祈りでなくてなんであろう
とおい霊のわれならぬうめきを
かろうじてわたくしは聴く
いまはあの杣道を
いまはただ　ひたすらにたどれと
しろくほのあかるい木の間へと
いつかしらぬまにたどりつくまでは
陽射しがきみの心に弾むことをねがいつつ
この地の霧と流れと星座とを
ひたすらわが糧としてゆかねばならぬと

野茨

牧草地の北の柵まで
灌木の列はいちめん朱の実に彩られ
散策の途上でとほうにくれる

花期にどうして見落としたか
この壁面の華やかさを
ふりかえれば夏の記憶の慌ただしさに
ひとつひとつひらく間隙

道の辺にたたずむと
心象のかなたに燦然と

いまこそ無数の悔恨は花ひらく
せまりくる冬の乏しい世界に
めざましくいっせいにほころびる

透明に　Helsingør

あなたのうちに　透明に立つために
この手はいっしんにささげられた願い
その願いの理不尽を知りつくし
つくされたところにあらわされる
あなたの理不尽をせつに希求して

赤煉瓦のならび　霧ふかい北の港の
朝市の一隅に吊り下がっていた鵞鳥の
あの姿勢がまさにこのわたくし
わたくしののがれえぬ形姿なら

指先へと向かって張りつめた切迫の一切は
青空の一角へとつがえられた弩とはなっても
ついにかしこを動く微風をしらず
東雲に照り映える風見を象りはしない

あなたのうちに　透明に立つために
この願いはひしとはなたれた矢
矢は果てしない天辺をめぐり
やがて空漠をつらぬいて墜落する
貫いてさらにこの胸をとおり
微塵と散った想いの跡につきささる

わたしではない
顕わしてほしい　あなたの尺度を
あなたによってこぼたれて
あなたのうちに　透明に立つために

詩集『ものみな声を』（一九九九年）抄

井戸

砕けたるたましひ（詩篇五一篇一七節）

水は渇いていた
渇いて重く澱んでいた
ひねもす呟くばかりのおのれがいまいましく
むしろ　いっさいの形をはなれ
無限の深みへ飛びちっていきたかった

切られた堰のように
いっきに跳びこえられる障壁もある
しかし　越えいでようとする喘ぎが
そのままひとつの水面《みなも》をかたちづくることも
（——超える　とは
視ることか
すべてありうるものをあらしめる
四大のひとつにかえったおのれを）

それはむしろこうであった
つめたく　地底に沸騰していた水が
はるかに　ほのあかい丸窓をみつめ
もはや越ええぬあの輪郭
あれこそおのれだ　と信じたとき
釣瓶は放たれいきおいよく墜ちてきたと

水はしずかに桶をみたしてやすらい
やすらいつつも引きあげられていく
掌《てのひら》のうちに掬ばれて
あふれる　水の痛み
ありうることか

いま　渇いた咽をうるおすとは
ああ　水は澄む　このとき

釣瓶

われ渇く（ヨハネ伝　九章二八節）

釣瓶は渇く
ふかい渇きがつきあげる
虚空に吊るされたしずかな姿勢で
その不自由な位置にたえつづける
夜の頂に　白く縁どられた雲のながれ
地の底にこおる銀色の丸鏡
いずれからも　はるかに遠く
ふたつの時に分かたれた境に

はじめの日は明けそめよ——
薄明を貫き
空洞の穿たれた時から
いくたび　果てと果てとを
行き来してきたことか
いくたび　微光だにとおさぬ
水底ふかく泡立つうめきを
営々と運びあげてきたことだろう
やがてその定まらぬ形が彼をはなれて
陽光におのれをうちあけるとき
いっせいに歓呼の声となってきらめく
ああいくたびその諧調を聴いたことだろう

（喜悦がこの身をもふるわすごとに
かつてあれほどに恐ろしく迫った定め
——いつしか天を支える縄は断ちきられ
闇ふかく箍はことごとくはじけちる
おお　定められたその極みの墜落こそが
いかなる希望にかわることか……）

釣瓶は渇く
ふかい渇きがつきあげる
夜の一点にとどまる
在処の祝福を省みるごとに
やがて彼をなげうつ者の渇きが
そのまま釣瓶のあざやかな形となる

I　わがオルフォイス

朝の潮流　Psyche

どこまでも暗いうねりのむこうに
ひらたい光の膜がゆっくりとちかづいてくる
目覚めはいつもどこか
なつかしい入江への浮上に似ている――
はるかな海路のおわりに
還りつく陸地を認めた帆船のように
その舳先を　飛沫を切って
趨《はし》る女神《ニーケー》のように

あなたは瞼をひらいた
海風の息吹が
若き女神の衣をふくらませ
陸地へと吹きおくるとき

あたらしい水のおもてに
したたる潮の滴をかるがるとぬぎすて
目覚めてもなお
あなたは遠くを見つめたままだ

ひかりの樹

Mainas

いきなり誰かが叫んだようだった
ふりむくと　果実を噛みとるように
ひらいた喉の底ふかく
氷塊のとどろきがつたわった

まっくらな北の海に
夢の頂はあおじろくひらめき
記憶の稲妻ばかりが
さらにひとつの目覚めをよびおこす

挑みかかる諍いの声か
どこかで風の群が哄笑《わら》っている
秘教の儀式をのぞくように
こわごわ窓をひらくと

迎えたのはひかりの手足
陽《ひ》はかろやかにあなたにまとわり
樹木の転身へとみちびいた
くるくるめぐる葉の音階のひとつへと

流れゆく竪琴

David an Michal

この日わたしは　娘よ
あなたを生んだ
わたしがあなたを見つめ
あなたが眼差しをかえした
そのときに

それは
あなたがすこやかに身ごもり

ときみちて
すきとおるいのちを産みおとすため

やわらかな葉うらに
揚羽が未来を託すように
あなたも　この空に
ひとつひとつ
あなたの雲を産んでゆくだろう

この日わたしは　娘よ
あなたを生んだ

あなたがすこやかにはぐくみ
世界の奥ふかく
ひとつのことばが生い育つために

焔

Charon

闇を総身にあつめ
ゆれる情念
畢竟このおれは
プロメテウスの初めから
お節介な遣い

あがないしろに
呑みつくした幾多の声
そのさいごの嘆きを
おれは反芻する

言うな
いのちをつむぐ炎《ほむら》などと
闇におののく

望みを照らしだすとて
所詮気まぐれの遊《すさ》びにすぎぬ

戯れに昇華させた命
感謝されるいわれもない

烈しく猛る怒りが
おれの憤りではないように
おれの呟きが鎮められるとき
彼方に灯される
無数の歓喜のひらめき
それはおれの浄福ではない

冬の小径
Orpheus an Hermes

城跡への小径をたどっていくと
いっせいにとびたった鳥の群
とりのこされた時の懸崖へ
こころは険しく切りたってゆき
風だけが四方から
しきりに旗に問いかけている

ここではもう
掘削機の音も聞こえず
唇に発せられるやいなや
疾風がことばを奪いさっていく
詩《うた》も破れているのだ
世界が壊れてしまったからには

雨後の葉の針先にきらめく
ひかりのひとしずくほどにも
ことばはとどまるものを
うちたてはしない
思想への帰還のときを
まことしやかに唱えてはならぬ

はじめに大空が分かたれた
かの日のように
海と陸とはせめぎあい
その境は朦朧として
雲間から薄日がひとすじ
沖のひとところを照らしている

塵を食むもの

Lazarus

道ばたにむらがる黒蟻のあいだから
しろくのぞいている
蛙の脊椎

やがて小一時間も経たぬうちに
みごとな骨格標本だけがのこされる——

†

そのとききみは
墜ちていく空をじっと見ていた

草の穂にうもれて
ダ・ヴィンチの人体素描のように

四肢の同心円のまんなかから
とおざかるきみの宇宙を眺めていた

どこからともなくひたひたと
冥いなにものかがきみにまとわり
きみの意識を運びだしていった
そのときも——

†

死を忘れるな《メメント・モリ》
寺院の闇に
騎士はみずからの姿を刻ませたという
聖像の台座に遺された
その墓碑銘《エピタフ》
銀の髪は
骨にからみつき
腰のあたりでいっせいにうねって
無数の鎌首をかかげる

†

塵を食むものたちよ
護りゆけ
この懼れを知らぬ者を

昏い眼窩の中に
ひとがくりかえし灯明をかかげ
年月の蠟を
いくえにもしたたらせてゆくときに

†

とおいかなたの序列へと
運びさられた魂だけが
不滅なのか
悼む者たちの心のなかで——

溶暗する歴史の藪かげに
きみだけはいつも黙っている
冷えたアンモナイトのかげから
ひとり実験室に君臨する
かわいた解剖学模型のように

馬槽　De Profundis

夜陰に乗じての
駆け落ちの途中だったのか
はじめに貧相な男女がやってきて
そのあとを逐うように
みすぼらしい三人連れが夜盗のようにしのんできた
一度かぎりの祭りをまぢかにひかえたような
妙にせわしく人影の往来《ゆきき》する頃だった

牛馬の鼻面ばかりに顔をつきあわせてきた
この俺が　柄でもないその宵は
飼葉のかわりに
ひとりのひ弱な乳飲み子をだいた
その光景はまるで家畜の産褥のようだった
それから奴らはいかにも恭しく
いかがわしい分捕物を俺のかたわらに置いたのだ

荒々しく叫ぶ声と刀の鞘のふれあう音
骨の砕ける音まできいたのはそれからまもなくだった

慰めを厭う女たちの嘆きもやがて絶えた
くりかえしいくども聞いたような
ついに叫ばれぬ歴史の慟哭の中にまぎれていった

あんな体軀ではいずれにせよ長くは生きまい
おそらくはもうどこかで
かわいた骨となって砂に埋もれていることだろう
情がうつったか　俺らしくもない
あいつのことが無性に想い出されてならぬ

赤子にはまるで似つかわしくなく
やせこけた眼窩の中から瞳だけをしんしんとみひ
　らいて
奴はいったい何を視ていたのだろう

燠

Contra spem in spem

夜をかぎり
あかあかとたちつくす
そのひとつの矜持が仆されたとき

夜の果てののぞみにまして
不条理なかたちはあるか？
くすぶる炭火のそのかたちにまして

凋落をとどめるすべは
もはやなにひとつなかった
礎石を砕かれた堡塁が
つぎつぎとなだれおちるように……
踏みしめる下肢とて喪われたいま

闇に這うほかはない
ひたよせる時の浸食のなかに
受けいれるほかはない
そのひえびえと冥いうつろいのみを

堪えよ　いくときを
その無言の伏臥にたえよ
たえつづける　その気配すらも
忘れさられたとき

幽暗のなかから反りかえり
はねおきてすべてを焼きつくす
もはやだれもとどめえぬその勢い

世界の闇をふたたび呑みつくす
あたらしい朝《あした》の裳裾を
すこやかに焚く

係留　In Montem oliveti

まばゆくふるえる雲のつぼみ
その翳りのいくえにも重なるあたり
電撃はまだひっそりと蓄えられている

耳底の暗緑の道をたどり
まっしろい夏の記憶をさかのぼるように
この日ぼくは　ひとよ
するどく屈折する時と
木漏れ日の偏光をくぐりぬけ
ひとり丘の頂に立つ

いただきにはひかりあふれ
このふりそそぐものの氾濫のなか
見わたせばとおく山すそを

おおきく曲がりゆく河のながれ
その流れのうえの蒼穹にも
きっと　おおいなる河流はうねる

目のまえを蜻蛉《あきつ》がふたつ
よぎってはゆらぎ
すみやかにふたつ滑りゆくのは
そのしずかなるしるし
そのはるかな水面にも
激しく漁られてゆくものがある
そのいちずな祈念のかたちを
ひっそりと指ししめすしるし

かつてこの川辺に佇《た》つひとの傷みを
見まもったひとのいたみ
そのひたむきな連鎖に共鳴する
ひそやかな韻律をとおくたどって

この日ぼくは　ひとよ
ひとり丘の頂に立ち
とうとうと連なる河浪を
反転する天涯の彼方にのぞむ

伐りひらかれて
ひとところのみ斜面はあかく
やがて地を撫でる利鎌のように
すべてをひきさらっていく
点滅する知
流行《はや》り廃りの渦のなかで
わたくしの在処を
うつろわぬ愛《かな》しみの一点に
係留するために

Ⅱ　ものみな声を

静かな生　ヤン・フェルメール頌

鏡に向かう女の
乳白の壺からあふれくる
おだやかなひかりが
空間をしずかに膨らませてゆく

ふとあおいだ甍のうえ
おおきく翼の影がよぎり
一瞬　しろい画布に
指揮棒のひらめきを映した
錫の器は傾けられたまま

書物もまた開かれたそのままに
事物《もの》はみな
ふかぶかと響きをたたえ
それぞれの形象《かたどり》を
いっせいに翻すときを待つ

燭　ジョルジュ・ドゥ・ラ・トゥール頌「聖ヨセフ」

闇をなめるかろやかな舌
その歓びの舞踏のたかまりに
こめられた嘆き

身を灼きつくすことが
おのれを支えることと知った
知のかなしさ——

おのが舞を舞いとげる意志のゆえに
くろぐろと夜をにない
わが身に託された四方を
いつくしみ見《まも》る

見ひらかれた瞳の　昏さゆえ
いっそう欲してやまぬ
跳ね躍る
ひかりの律動《リズム》を

ついに夜のきざはしにとどけと
ひたすら虚空にのびあがる

そのとき

いきなり吹きつける悪意
崩れ落ちるいのり

おのが望みを呪うかのように
だが——

あらがいもつきはて
おくぶかい闇のかなたに呑まれるとき
暗転の一瞬にうかぶ

あかあかと透きとおる指のかたち
かききえる呻きを
いとおしむ　手の散光

受胎告知

ヨセフの夜

あのひとをくださる
ためらわず娶れと言われるのなら
むしろ　わたくしに

すべてのひとをください
すべてのひとをいつくしむこころを

あのひとを
願わぬわけではないけれど

あのひとを想う心から
むしろ世界がひろがりゆくように
あのひとを慕ってやまぬ
ふかみから　ものたちが生まれくるように

うつくしい腰も
ちふさも
蒼ざめたほとも
わたくしは　きっと
あふれくるそのいのちのうちに抱《いだ》く

おぞましく揺れるこころ
心のおくそこの澱みをおもえば

むしろ愛するという
そのひとことを語らぬため
すべてのひとをください
すべてのひとをいつくしむこころを

葦舟

男子の生るあらば汝等これを悉く河に投いれよ
（出エジプト記一章）

陽射しにあたためられた水面に
静かにさざ波の輪をひろげて
近づいてくる女のすあし
美しいそのふくら脛のかたち

日に灼けたしなやかな腕が
いましもわたしを水面から取りあげる
昼の凪にしずまりかえる河のほとり
葦の葉の生い茂る陰にたゆたい
ひさしくわたしは夢みていた――

瀝青と樹脂を塗ったわたしの臥所《ふしど》に
願われなかった命のように
その子は来た
　　うちよせる波濤にゆれる嬰児の屍
　漂いゆくあまたの腐乱の手足
ふかぶかとうねる
その夜の叫喚をくぐり
わたしの縁が軋みはじめたころ
闇はなおその子のうちにまどろみ
まだその耀《かがよ》いに目覚めてはいなかった

――王宮の薄暗い回廊をぬけると
いきなり剝落したひかり
記憶のまばゆい打擲が
そのひとのすずしげな眼差しを
一瞬はげしく焦がした

　　そのひとは往く
　　わたしの託した未生の闇を負い
夕と朝のあわいに穿たれた世界の裂けめから
法と剣のおさめる夜の王国をはなれ
幾世紀もくりかえされる
惨劇をぬけ――
だが
担いゆく闇の深さこそは
なおいくばくかの望みのよすが
　　わたしの臥所をはなれ

紫の衣にくるまれたのちも
そのひとはまだ瀝青の臭いがした

いまなおわたしは夢見ている
どこにつづいていくのか
わたしのたゆたう
この流れは

ときおり水面に
浮かびあがるとき
なおも波間に
ただよう血の臭い
沈みゆく夕日の中に
時の照りかえしをうけて
わたしの吃水はゆれている

石の柱
ヤコブの生涯

陽炎にゆれる地の風紋に
わずかに頸の先ばかりをのぞかせて
すりへったこの禿頭をさらしていると
熱のまとわりつくこの褐色の空間が
どんなにすみきった青へと開かれていくか
そいつはまるで嘘っぱちの口上のようにひびくが

人の生き死にとはそも嘘ではあるまいか
俺の佇《た》つこの姿勢にゆかりの男
あの男が郷里にいられなくなったのはたしか
その嘘のおかげとかいう話だ
虚言癖という病もあるが
あの男の場合　いささか度が過ぎたらしい

虚言とは　ことばの腐れか？
さわればたちまち金の麺麭《パン》という
ミダスの悲喜劇に通じるといえば体裁もいいが
ものごとすべて　名指されるそのはしから
亡霊のような姿で這い出してくるとしたら
やはり気が滅入ってとてもやりきれるものではな
　かろう

どこかあの男の一生には
おのれの言葉に逐いまわされて
つぎつぎと在所を移していったふしがある
すりぬけやりすごす才には長けていた
おかげでえらく財産をこしらえて
正室《かかあ》をふたりも娶るはめにおちいったけれど
まるで嘘のように人の生き死にが決まることもあ
　る

なんでもこの俺を枕としてうとうととした宵に
奴はえらく神々しい夢を見たらしい
虚実の秤がひっくりかえったか
天の彼方から梯子がするするとのびてきたという
俺は天使など見はしなかったが

だがあの男の場当たりな身の処し方にも
背骨のようなものがひとすじとおったとしたら
それは方便とはまた違ったものだろう
なんでも後の日に誰ぞと格闘して
腰のつがいを砕かれたというではないか
なまくらな骨だったら折られることもなかったろ
　う

晩年には長老らしくえらく先の方まで見通した
十二人もの子宝に恵まれて　つぎつぎと
子々孫々にいたる祝福と呪いを述べるあのくだり

それにしても　あの終わりの日にいたる系統樹を
まさしく天からおっこちる梯子のように
垂直に断ち切ったあの突然の祈りもとめ*
あれは大見得をきったわけではあるまい
言葉よりもなによりも沈黙に似たその遮断
どこまでもくすぶり続ける自堕落なあの男のこと
だ
これで一切を焼きつくしてご破算とはいかなかっ
たが
泥炭の炎のように燃える魂というのもある
泥砂にともるあのちろちろとあおい鬼火のように

* ヤハヴェよわれ汝の救済を待てり（創世記四九章一八節）

銀貨を抛つ

友よ　なぜ来たのか
とはいささかうろたえた
そんな問い方はない
なぜもくそもあるものか

抛ったのは礫ひとつ
断崖を弾みにはずんで
ついには山塊ひとつがことごとく
あっけなく雪崩れておちていた

はじめてだ
あんなに恐ろしいくちづけは
足下に幾尋の深淵を踏む心地とは
まさにあのことだった

白日のまぼろしに
闇に伏すあのひとを見た
そのくちびるはくりかえし
誰かの名を呼んでいた

俺のことだとすぐにわかった
俺のために傾けられた杯を
あのひとが飲みほしていた
ひたいから血の汗を滴らせながら

あのひとが俺を視つめていた
だがそれがどうだという
ほかに応うべき何が残っていたか
なすべきことを為しとげるほかに

祭壇の背後にうすぐらく
反響のくぐもるひとところ
悪意を抱くように俺を見つめ
誰かがそこにうずくまっている

意味もなく抛たれるこの銀貨
俺の存在もそのようなもの
不可解でばちあたりな命だ
惜しくはない　くれてやろう

だがきっと俺は高くつく
同類か手下の値づもりだろうが
おまえにとってこの俺は
苛立たしい分捕りとなろう

おまえの悪意よりも遙かに暗い
隠れた神の深みにとどく
あのひとの見えない闇に

俺はどこかでふれているのだ

方舟

されど預言者ヨナの徴のほかに徴は与えられじ
（マタイ伝一二章）

未踏の山系の奥ふかく
風ふきすさぶ堆積岩の頂に
わたしの舳先は黄道の向きに傾いて
天の十二宮を指ししめす時の針のように
陽の戦車《いくさぐるま》の軌道をかいくぐる

わたしの父とはあの男だ
生きとし生ける者の
避難の艀《ふね》を築いたがゆえに
伝説に名をとどめる男

信仰の鑑の系譜につらなり
古《いにしえ》の書物にその勲を称えられているが*1
彼もまたシーシュポスの境遇にひとしく
おのが労苦と折りあわぬ想いを
密かに抱いていたのではなかったか
むしろその無言の従順
その抗議を込めたわたしの建造は
ヨナの盟友の証ではなかったか
ヨナほどに分別を失うことなく
鯨の腹にまで彷徨を重ねることもなかったが

神々しき力の打擲
その聖痕を知らぬ歌
あらゆる人間学はつまるところ
拙劣な慰撫にとどまるであろう
わたしの漂流の意味をたずねんとして
森羅万象をたくみに解きあかし

人は幾千年を費やしてきたが
邪推をいくら連ねても
パンドーラの逸話ほどの気散じにもならぬ
四十余日の氾濫はやはり
拒まれた対話へののちの応報か
それとも類いまれなる贈与であったのか
そののち彼は終生
おのが命を淵ふかく呑みこんだ
大波のとどろきを独り聞いていた

ひとつの代《アイオーン》の夕暮れに
くっきりと天涯を趨りぬけた
ひとすじのひかりの航跡
透きとおったそのプリズム偏光は
無数の雫となってわたしの甲板に注ぎ
わたしを象って巨大な棺《ひつぎ》に変えた
その徴は海溝ふかく舞いつもり

やがて葦の海を朱《あけ》に染め
水底に叛逆者ヨナの呻きを刻んだという[*2]
呼び応える深淵のうねりのそこで
創世の大いなる悔いをたたえた潮位は
はたして裏切られても裏切れぬ
掻き乱された摂理の激情を語ったか
いまもなおわが身に反響する
あの男ノアの胸底に迸《ほとばし》った沈黙の叫び
破船こそはおのれの魂の希求であったと——

蒼穹《おおぞら》のうえの水も
とうに涸れはてたこの世紀
傾いた墓標のように
ひとり惑星の公転の響きを聴きながら
わたしはなおもひとつの歌を発信しつづける
破船こそは人への究極からの亀裂であると——

＊1　ヘブル書一一章七節
＊2　コリント前書一〇章二節・ペテロ第一書三章二〇節

ピエタ

ミラノ・スフォルツェスコ城の――

とおい日に　祝福の眼差しを集め
まえの皮をひらいた刃は
いま儀式が閉じられたのちも
かたちなくかれの心臓に突きたてられたまま
かわいた傷跡をとおして
祭りの闇がかれの体内に浸み入ろうとしている

あらがいを知らなかった犠牲のまえに
ことばもなく
世界が息をひそめているときに
わたしが呆然とみたされているのは
わたしのなかで

裂かれたかれの体がゆるやかに語りはじめたから

ついにわたしにかえされたかれのからだを
揺りかごのように抱いていると
かの日　よろこびの胎動のうちに
聞いたのはまさにこのひびきのことだったとわかる

いまこそ　臍帯を断ち切り
かれの死がひとりで生きはじめようとしている

こんなにもゆたかにあふれくるものを
死と呼んでよいのだろうか
こんなにも無惨にあふれくるものを――
精魂込めて織り上げた布地を
てずから断ち切るもののこころは
どれほどのいかりに動かされているのだろうか

それとも　いまわたしの腕に添うように
ひそかにかれを揺すっているのは
あなたのみ手なのだろうか
世界にみちみちる呻きを湛え
わたしとかれの周辺《あたり》だけが明るくへだてられ
あなたのみ手を揺すっているように

歌
Magnificat

見よ
鳥たちの
空のふかみに
どこまでも透きとおる
水の影を
ひろがれ　かなしみよ

おおぞらの
水の　おもてをおおう
風のそよぎのように
雲をいだき

はるかに
みちみちる囀りよ
ひとつひとつ舞いくだり
浸み入れ　ふかく
冥い石の室《むろ》に

わたくしの
あたらしい子宮《ふところ》に
かれの眠る夜の羊水《みず》のなかに
久しく　魚のとき
星の時をかさね

よみがえれ
ついに
すみわたる囀りよ
あたらしき人の子の
闇の堰をうちやぶるとき

Ⅲ　地にては旅の

漂鳥

大気に冬を実感すると
都会の川は今年も
はりつめた　鳥たちの声でみちる
たどり着いたばかりの戸惑いに

鳥たちは懸命にその所在を告げている

とおい国ではじめて身にしみる
土地の人の目に　ついに映らぬおのが姿
どこの街でも　寄留の空を負うものは
みな群から首ひとつ背伸びをして
懸命に巣作りをしていた

郷里にたちもどったといって
漂いの身に　どんな違いがあろう
飛ぶことをとうに忘れ
いつしか殖える力をも喪ってしまった
かれらの種族のように

降り立った夕映えの空に
なにかを思いだそうとするのか
むしろ　地上ではどこまでも

旅ゆくものと思いさだめるそのときに
くっきりとひとは　鳥の声を聴く

東雲

幼年憧憬

おおみずだ　おおみずだ
霧敷川の水があふれていると
おもてで誰かが叫んでいく
雨足はますます激しくなる

トタン屋根の絶叫を聞きながら
どこまでも懼れているものに
ああ　どこまでも心惹かれる
そんな憧れにぼくは気づいていた

暁に　若々しい畏怖の力となって
ぼくは駆けだした　ひろびろと
湖のようになった水田が
いくすじもの光となる風の朝を

風の花嫁

オスカー・ココーシュカ頌

ひとが飛行の夢を抱いたのは
空の高みの鳥の軌跡を
賛嘆の眼差しでなぞったからか
それともむしろ
天使の存在にあこがれ
両腕を翼のように打ち振ったからではないか

ずっと女とばかり思いこんでいた
天使の性が
ほとんどは男と聞いて

ひそかに納得した幼い日
少年のおぼろげな目覚めの内に
火照っていた行き場のない想いの尊厳を
そのとき一瞬のうちに悟ったのだ
はてしない憧れの眼差しを
肯定されて

わたしは
身の内に雲の流れを感じた
実感の翼を託しうる気流を得て
独り先に飛びたったアイオロスの後を追い
わたしは背中に
渾身の力を込めていた
見よ　浮いたのだ
そのとき

まことに風はその思いのままにそよぎ
その来しかた行くすえを知らない

煤けた頬を思慮深げに傾けた
聖堂の天使像は
ひとり澄みわたることの許されぬ
憂いの隈をのこしていた
ふと
西風の言づてを聴きそこね
いつのまにか　羽撃きは
重力の蒼白い極光《アウロラ》にからめとられ
陰惨な森のはずれを
くるくると墜ちてゆき……

極寒の地に　ひとよ
目覚めたことがあると告げたとき
あなたは驚いて身をふりほどくこともせず
閉ざされた目を彼方の地平線に向けて
全身の重みをわたしの右手に委ねてきた
あなたのその信頼が

いまいちど　わたしを
軽々と舞い上がらせたのだ
あなたの柔らかな鼓動を乗せて

剪定

昨日から宿舎に庭師が入ったのよと
あなたに促され

でがけにあおぐぶなの木は
なるほど冬空に
ひりひりと疼く剃刀の痕のように
あたらしい挽き跡をさらし

仕事半ばの前庭には
切りおとされた大枝があちこちに残されている

その朝
脈絡もなくわたしを捉えた想念は
ひとよ　あなたに語ることもなく——

念入りに薫蒸され
ぶなの森《ブーヘンヴァルト》に積み上げられた
かの幾千の枝また枝も

はじめはみな棘のように
するどく手足をつきだしたまま
なかなか束ねられようとはしなかったと——

掲げられたまま剪りとられた
幾千の腕また腕が
碧青の空をつらぬいている

樹

アルヴォ・ペルト頌

その年の十何番目かの台風の晩
にわかに打ちつけた雨戸の陰に
家族はみな
息をひそめて集まっていた

そのとき途方もない音がして
電灯が消えた
おそるおそる勝手口からのぞくと
庭の桐が根本から倒れて
電柱をなぎたおし
みごとに隣家の屋根を押しつぶしている

りっぱな箪笥になりますよと
愛想笑いの男が
トラックで材木を引き取りに来て
父が隣に挨拶にいってからは
大風の日ごとに
庭が桐の葉であふれて
踝が埋もれることもなくなってしまったが

そのときの父ほどに
歳をかさねた　夕ぐれの
記憶の静けさのなかに
いきなり聳えたったその樹は
おおきな葉をいつまでも地に降らせつづけた
わたしは　そのころの背丈のまま
風のみなもとに向かい
ゆれる樹冠を見つめていた

時の偏光をとおりぬけた
むこうがわの庭に

その樹はいまも立ちつづけている
わたしはいつのまにかその樹の背丈となって
世界の方へと枝をのべ
子どもたちの足もとに
葉を積もらせつづけている
あの大風の日の　畏れのままに

詩集『ときの薫りに』（二〇〇二年）抄

鳥たちの深淵

Orgelspiel

朝ごとに聴く
鳥たちの空のふかみから
舞い降りてくるはるかな旋律を
あれはこの世界のどこかで
弾かれているオルガンの響き
その管のひとつひとつから
音色の違う風が舞い降りてくる

鳥たちは知っている
風をはこびくる
そのオルガンのありか
その管のひとつに風のかようとき

鳴り始めの飄とした響き
ひとが息を継ぐかのような
あるいは引きとるかのような哀歓を

鳥たちの影がよぎる
窓のそとに柳が揺れている
いのちと死との両方を象徴する
しなやかな幹が風にゆれている
死者たちの夜にふかぶかと根を張って
葉擦れの音を響かせながら
命のはてしなさが揺れている

風のそよぎを身に受けて
ひとは知る　おのれもまた
何者かの奏する笛であることを
忌む声と祝《ほ》ぐ声とが
日常の空間に充ちみちて
鳥たちの眠る闇の境に反響し
毎朝たくさんの翼が墜ちていくのを

この朝もまた
夢の境に目覚めて
鳥たちの舞いあがる遙かなふかみ
青の深まりゆくかのところでは
痛みのふいごが風を奏でるという
生きることがそのままに
ひとつひとつの歌となるという

峡湾
Geilanger

天《そら》の傾斜を支えて
氷原にくっきりと聳えたつ地軸のように
一本の樹が立っている

星々の明滅に応える
かすかな響きを梢にまといつつ

平らかなこの国に
繰りかえし
孤独な精神が嶮しく切りたってきたように——
憂うることはない　ひとよ
慎ましくもゆたかなこの国の営為《なりわい》を

むしろ　懼れよ
もの珍しげに降りたち
にわかづくりの記憶の升に
驕りを量りとっていくひとびとの群
その痩せた眼差しに媚びることを

久しく閉ざされてきた巨きな書物のように
山稜は今あらたな風向へと開かれ

峡湾ふかく身を寄せて
極光のましたに人々は住まう
それぞれの祈りの深みほどに隔てられて

歌う骨　グリムの国で

燭台をかかげて
聖母昇天祭の行列《プロセシオン》がすすんでいく
澄みわたる聖歌隊の声とともに

ところがいきなり身廊のあたりから
聖堂中に響きわたる泣き声
幼子を制止しつつ
あわてて退いていく若い親たち

うろたえずともよいのだ

まして恥じることなど
ひとはみな
すばらしい楽器を持って生まれてくるのだから

ゆるやかな喉と
正真正銘の頭声発声
宇宙の聖堂では
むしろ星々こそが歌っている
赤子のうたに応えようとして

木々の芽ぐむ音も
海流のこすれあう音も
また朝のひかりが世界を暖める音も
まことにその声響かざるに聞こえざるなし

おそらくわたしたちの経験は
文明の喉ぼとけあたりに

石化した骨

だが骨もまたうたうのだ
ひとよ
きみの喉もとの骨をして
奥ふかきいのちの淵よりひびきわたらせよ

北方の博士《マグス》

Höllenfahrt der Selbsterkenntnis

九月に入ると
プレーゲル川をさかのぼって
海から霧がやってくる
河面が凍れば
黄泉の川の渡し《カローン》も
いよいよ飯の食いあげだ

フランスびいきの
王の政治算術に仕えて
港の徴税所にて
翻訳《わたし》を稼業としてきたが
不倶戴天と念じた
プロイセンの僭主《ソロモン》もすでに去り
世界にはしずかに冬が進行している

親父は湯屋の床屋《バーダー》だった
その職の誇りだけは生涯手放さぬ
わが再批判《メタ》の浴槽は
受難木曜日の主に倣って
いかなる思想や思いつきであれ
生まれたままの姿にかえし
そのすべての足を洗う

汚れた所などありませぬと

当世流行《はやり》の
啓蒙家たちは宣うか
卑しき一物と見れば
おのが身すら去勢して憚らぬ
ついには不能者同士
互いに媚びを売る男色三昧
彼らの思想は性器を欠いている

信仰は万人向きのものではない
だが思想もまた同様だ
恥部こそはわが思想の要にして
結婚は神の住む地獄
さればわが家《いえ》の
竈のもとにも神はいます

自己認識の地獄墜ち
あの黄泉降りの春以来

降誕節ごとに
神が降《くだ》ってくる
凍った地上に降《お》りたち
ふかいふかい黄泉へと降る

霧に覆われたプレーゲル
漕ぎ出した艀に
遠く町の方から漂いくる
子供たちの賛美
その響きを支えるように
流れの底から湧き上がってくる
深いふかい頌《たた》えの歌
黄泉の底からの神の祈り

墓碑

オヴィディウス

樹木のいのちにくらべれば
人間たちの時はあまりにせわしく
とどまらぬ営みの道端に見上げる木々の身振りは
悠久のむかしから定まっていたかに見える

いくえにも枝をひろげた空のそれぞれの領分に
ひかりや風とむすぶ交わりの消息を
ひとはついに知りえないので
黙ってひとは梢を見つめている

樹木のいのちにくらべれば
人の記憶も速やかに過ぎ去っていく
だが過ぎ去ればもはや誰でもないもののために
わたしは風をまねき　光を備えねばならぬ

対位法

ネリー・ザックスに

詩人《あなた》は美を鱗粉になぞらえる
劫火のへりに燃え上がる蝶蛾のいのちに——
灼熱が夜を通り過ぎていったあとには
幻がときおり燃え殻のように崩れおちてくる

歴史のながれは摂理と離叛《そむき》との縄目もよう
伸び縮みするその遁走曲《フーガ》のかなたに
被造物《ものたち》はひっそりと耳をすませ
蜜月の記憶が遠ざかるのに任せている

人と神の間を隔てるのは
わずかに祈りの距離であると詩人《あなた》は言う
しかしその隻語の隔たりを
ひとはついに埋めることが出来ない

ことばは叡智にあこがれる
しかし歌はついに言葉に裏切られるであろう
おのが身とこころのほかに
詩人《ひと》がともす灯心を持たぬかぎりは

養老

Philemon an Baucis

風はしずかに楢の葉を
音もたてずに揺すっている
のどかに続いてゆく街道のはずれ
二本の木立が聳えている

旅立ちをうながす門のように
出で立つ者を迎えいれる両の手のように——
日々を治めつつ私たちは歩んできた

つつましく夜の神苑を守りながら
ひとよ　私たちに許された時のあいだは
このいのちを貴いものにささげ
かなうならばひとしい時に
地より別れて去っていこう

黄泉の泉に根を下ろし
天涯《そら》の向こうがわへと枝をさしのべ
養われていく老いのときを
やはりあえて死への生誕《めぶき》と呼ぼう

航路　Odysseus

ひとはおのが命の帰港地を
遠きかなたにのぞみ
その果てを目指して出帆してゆく
あなたはいまその遙かな郷里に生まれて
ねんごろな招きの身振りで
私の願いをひきよせる

あなたを娶った日の
あなたの聖所のうるおいにまして
わたしをあなたに結びつける
この想いを何と名指したらよいのか
命の吃水線をこえてなお
あなたといつまでも結びあいたいという

心に映された人ひとりの終末を
むしろ歴史の時はなぞる
神いまさずば
世界の時がすすみゆかぬように

あなたを見送ったのち　ひとよ
わたしの羅針儀は定まった
帆柱たかく霊《かぜ》の呻きを感じながら
黒き波濤に船体を軋ませてゆく

壺のひびき　Maria Magdalena

商う者の手にある時から
わたくしの喜びはひとすじに
あなたの眼差しのことばにあこがれた
その慈しみの滴りを一雫ものがすまいと——

埃をまとった
店ざらしの髑髏《されこうべ》のように
あえて誰も覗こうとはしなかった
わたくしの本当のかたち

ただ色つやのみを値ぶみする
きまぐれな掌《て》に
手垢のついた肌をひさいだ
あなたが尋ねてこられたその日までは——

わたくしの喜びはいま
ただひとえに
この身の砕かれることを願う
この想いすらもはや容れがたければ

いつの日か
あなたへと注ぎだされるときは
ひとすじにあふれてやまぬ
匂いたつ香りとして

骨の歌

エレミア書二〇章七－九節

誑かされたんじゃあない
きれいな男のことばなんかに
むしろあなたの真実《ほんとう》に
私のこころはときめいた

気づいた時には
町の喧噪《さわがしさ》から迷い出て
帰るところもなく道を歩いてた
太股に乾いた血の筋をはしらせたまま

誘われたんじゃあない
ぎらぎら光る夜の町なんかに
むしろ草ぼうぼうの原っぱだったら
あなたはやさしく語ってくれるとおもった

ひととき
たしかにあなたは優しかった
あれはぜったいに嘘じゃなかった

盛り場なんて
蜃気楼みたいできらい
しずかな公園のかたすみなんかに
何の期待をもこめはしなかったのに
逃げてゆく水たまりみたいに
追いかけていたら
どうしていなくなったの

草に埋もれた
うつろな眼窩《めのあな》は
もう何も見ないけれど
私の骨の中には
あなたの言葉がいまも燃えているわ

熱くてもうたえられない
わたしの手足にはいまでも
あなたの言葉がますますたまっていく
そうして残酷なあなたの優しさを
語らずにはいられない
ねえ　聞いて
聞いてよ

神の蝕

飛びかける俺の軌跡を
ひとびとの眼が追いかける
群衆の喜怒哀楽を
まるで俺が操っているかのようだ

だがこうして偶像のように
願いを負わされる境涯はもう沢山だ
ひとの退屈を煽りつつ
この所在なき境遇《さだめ》をどうしよう？

どよめきに歪む
この方形に限られた世界の
端から端へ定めなく抛たれ
ただ礫のように身を磨りへらし

立ちはだかる孤独な胸を貫いて
終末《おわり》の門を駆けぬけても
果ては力つき
墜ちていくだけの身の境遇《さだめ》を？

†

幼子《おさなご》の園のように
皆でまあるく輪のかたちに並び
宙《そら》高く
乾いた首を蹴り上げる

荒野《ステップ》には
からからと骨太鼓の音が響く

回廊を巡って
闘士たちの哄笑と
着飾ったひとびとの狂喜が漂い
戦死者の墓碑のように
昂揚の記憶が一列に並んでいる

門守りのいない
別世界への門口に立ち
密かにこれを僭称するものこそ

時の代《よ》を統べる空中の長《おさ》

門《トーア》よ　とこしえの戸よ揚がれと
地下墓所に積みあげられた
あまたの頭骨から
古代人の明朗な笑いが響く

＊　空中の支配者　エペソ書二章二節。サタン。
トーア　門、「ゴール」また「愚者」の隠語（ドイツ語）。
とこしえの戸よ揚がれ　詩篇二四篇七節。

詩集『遥かな掌《て》の記憶』（二〇〇五年）抄

高圧鉄塔
Erzengel

はるかに遠ざかる
時の源から
滅ぼすことばが
唸りとなって轟いてくる

ひとつの世界をなぎたおし
うなる高電圧がその背中ではじけ
青白い閃光をはなつ

時代の夜に佇つ
あたらしい烈天使は
そのように激しく翼を焼かれねばならない

山稜にしなる高圧鉄塔のように
嵐の夜に峙《そばだ》つ徴として
ひとすじの系譜を
ひたすらに掲げつづけるものは――

いくえにも身を拘束する
過ぎさった彼方への導線から
もとより解き放たれることを願うのではない
むしろ懼れるのだ

歴史の谷間に遺る
滅ぼされたあまたの塔の記憶が
あらたな地平線をも褐色の荒野として
拓きはしないかと

直立への希求がむしろ

望まれる季節《アイオン》の不在を証明するのではないかと

惑うごとに
極北の宙《そら》からなおも吹きつけてくる爆裂風
あまたの宇宙をなぎたおしていく
荒びの風圧

青白い稲妻に一瞬を照らしだされて
この時代の烈天使の
臓腑《はらわた》が見える
焼けただれた骨組みのかたちとして

その骸《むくろ》は
各時代の敗残と悔恨の痕跡《あと》に
いくえにもかさなって――

だがほんとうだろうか

真に恐ろしい言葉のみが
澄みわたる響きをもたらすとは

むきだしの電圧に総身を晒され
苛酷な電撃に耐えることをゆるされたもののみが
ひとつの変圧器とされ
妙なる反響《ひびき》を贈りゆくとは

わがみを呪うような唸りをあげながら
鉄塔はなおも歌っている

耳をすませば
荘重なオルゲルプンクトを越え
光のフーガとなって
一斉に流れくだってゆくその言葉は

ついに朝焼けのひかりとなり

麓のちいさな娘の瞳に
のぞみの閃光として映ずるのだ

花の庭

an Demeter

遙かな日にもやはり
あなたはわたしの手をひいて
見しらぬ花野へと導き
咲きわう草花の名を告げてくれた
その舌から転がりおちる響きを
わたしの耳はこころよく
呪文のように聞いていた

草の種をあつめて
わたしの掌《て》に握らせてくれた
その手の記憶からとおざかり

雲海に映る翼の影のみを
あいまいな想起にかぞえつつ
草花ばかりか　ひとよ
あなたの名も忘れてしまったが

覆されようとする世界に
みずからが臨んでいる昂奮と
誇りを握りしめていたころ
稲妻の閃くその下に
叢生する花のあかい色と
鋭い剣のかたちだけはなぜか
心を去ることがなかった

なぜかいま旅の途上で
おのが掌の空しさに
不思議をおぼえて立ちどまると
道のつづく先にひろびろと

明るい野がうかびあがり
その片隅にだれかが
ちいさな庭園を拓いている

つめたく黄ばんだ冬の日の
植生はいかにも乏しいが
年の巡りごとに花ひらいていた
そのなごりの跡に　ひとよ
あなたが託した想いを認めて
いつのまにかわたしは
あなたの後姿に呼びかけている

炉

Enten - eller

牡牛を象った
青銅の炉に込められ
弱火でじりじりと焼かれる
その苦痛の叫びが
妙なる楽の音を響かせたという
シケリアの暴君ファラリスの
残忍な楽器に喩えられるように
詩人の魂の
奥ふかく責め苛む苦悩を
せつせつと訴える嘆きのことばに
世人はこぞって拍手喝采し
もっと歌え　もっともっとと
よろこび囃しつつ
地獄の炎を掻きたてたという

ことばが追い越されたとき
文字通り灼かれた叫びは
燃えあがる隙もなく蒸発してしまい
炉の蓋は閉ざされたまま

溶けた粗鋼があからさまに
ぶちまけられることもなかった
その沈黙に拮抗する
いかなる挽歌もありはしない
炉の外壁から剝がれおちた呻きと
記憶の熾から集められた呪詛は
苛酷の徴として遺されたが
その韻律を躊躇わず培養するものは
いかに技倆を尽くしても
野卑のそしりを免れえない

清浄の天も地獄の焦火も
昏い時代の名残と
久しく顧みないこの惑星は
それ自体　ひとつの熱き溶鉱炉に似て
今もなお外壁のあちこちに
ふつふつと炎の舌をのぞかせて巡る

その惨憺たる知性の似姿《イマゴ》を
隣りの楕円軌道にも確認しようと
ときに秋波を送りなどするが
むしろばーんと炸裂して
超新星が生まれるときに
散華するガス星雲の光背のなかに
人もことばも揮発して
大団円ではないのか

天翔りゆくことばが
命を穿つものとなりうるか
広大な暗黒の果てに
忌まわしき高炉をうち空けられるような
真の空虚を尋ねつつ
荒涼たる夜の転落を
支える者の手を懐かしむか――
背理を告げようとも

真に怖るべき者の手に陥らんと
ただそれぞれの魂の丈にみあった
ちっぽけな炉の沸騰を携えて
呻きを光冠の闇に注ぎだしていくか
万象を灼き尽くしてやまぬ
戦慄の炉の中へむしろ墜ちていきたいと

＊ Enten - eller「これか あれか」。キルケゴールの著作名。
僭主ファラリスの故事を記す。

書庫の深みに　Persephone

昼ごろになると
マルクス髭の男が学食《メンザ》の前に立ち
石畳に古本をならべている
ほんとうは彫刻家なのだと
掌をひらいて鑿痕を見せ
これじゃあ休暇《ウアラウプ》にもいけないよ
大げさに嘆いてみせるわりには
儲けようとしているようには見えない
三冊で二〇マルクだが
まとめて一七マルクでいいという
昼すぎにはきまって雨がふり
本にも男にも雫は容赦なく滴った
書庫《アルヒーフ》へとつづく回廊には
かぎりなく透明――とやらを載せた
とおい国の雑誌が新刊として
発掘陶器の稀覯本とともに並んでいる
地質年代への無頓着を宣言した
そんな陳列棚を横目に通りすぎ
鉱夫のようにふたたび縦坑を降りていく
古生代あたりの蒼い坑道で
一日を硬骨魚の化石のように黙りとおす
水底で身動きをすると

古文書の束がいちどきに壊れて
あちらでもこちらでも花ひらくように
銀色の埃が舞いあがる
金魚鉢の屈折率の底で
深海魚のようにじっとしていると
ときおり自分の巨きな顔があらわれて
向こうがわから覗き込んでいく
そんな地獄巡りの眺望をぬけて
世界《ハデス》を限る門もなく
どこまでもつづく草の径に
帰り道　ひともとの薺を見つけた
証人の目のように薊が燃えている
幻だったろうか
傾いた夏の日に
煉瓦色の土がもう乾いていた

死の島へ

von Hallstadt nach Dachau

夜明けちかくに列車は着いた
駅舎の外はすでに湖
雨と紛う霧のなか桟橋から艀に乗りうつる
鉛の張力にさからい
澪は縦にのびた抛物線をかさねていく
街の形が夜の底から浮かびあがる
この日わたくしは
鉄器時代の地層に遺された跡をたどって
記憶の滴を集めてゆくことだろう

労働は自由にすると
鉄扉に無感動に記された文字
最後まで携えてきたものは一枚の紙切れ
いや紙切れに記された文字だったと

この門をくぐる者は悟るのだ
根絶は文字を奪うことから始まる
文字を剝ぎ取っても叫びが残る
叫びをも抹消するためには
すべてを洗い流す特殊な部屋が要る
だが形を消し去りすべてを記憶から拭い去っても
どこまでもまとわる命の臭いに
堪えうる者とはいったい誰だろう
建物が整列している
恥を感ずることもなくなるまでに
素裸で晒されることに慣れた尊厳のかたち
彼らはみなどこへ往くのだろう

わずかに明るんだ菫いろの隙間から
世界を覗きこむ者の眼差し
海溝の底ふかくいまかろうじて光が届く
鳥の姿はついに見いだされず

啄まれることもなく
麺麭《パン》は水のうえを漂うだろう
寺院の闇には
幾時代もの情念が脈絡もなく
煤けた頭骨のかたちで積みあげられ
たがいに咬みあいつつ
ひたすら黙していることだろう

声

Uranus

石は叫ばず
木は黙している
已まない時雨のなかで
頑なに内を向いているものたち

惨劇にたちあって

言葉はひとたびかぎり弾ける
石礫は砕け
その寡黙な臓腑をさらす

いったい誰の記憶なのか
このわたしは
世界に重なろうと
伏して地に耳かたむけている

地は凍っている
黙したその年代記の
おおきな褶曲をさかのぼり
ふと眼をあげると

知覚の滴るかなた
ひかりの波よりさらにちいさく
どこからか

ひとつの呻きが還ってくる

慰めよ
なぐさめよと
こころの敷居に
まぶしい産声をあげる

気象探査機
Kassandra

四肢を削ぐような気流の渦にもてあそばれ
雲の大海のうえへと一気に牽き上げられていた
もはや引き返すことはかなわぬと想いさだめて
真っ青な空のひとところに身の腑を晒している
とおくの銀盤にかさなって黒い翼が金色に輝く

その一瞬の露光を漏らさず写しとって送信する
世界にはこの報告を蒐めているものが沢山いる
その数はきっと古《いにしえ》の見者の総計を凌ぐであろう
ふくらむ地平の向こうから熱い鉤が近づいてくる
雲の柱とともに巨きな拒絶が眼の前に迫っている
だが空の深淵への畏怖《おそれ》をひとはとうの昔に棄てた
迫りくる風の源を告げるのはただ嘲りを招くため
饐えた世界の澱にしずんだ粗鉱《あらがね》の輝きは乏しく
ひき裂く欲と抱く意志とを見分けることは難しい
西の方《かた》のすべてを恵み与えるという巧みな唆しを
禍言《まがごと》と告げて言い逆らわれる厭わしい徴となる

探査機《ゾンデ》としてこの世界から遣わされてはいても
身はむしろ向こうがわから開いた覗き窓と知れ
引き裂く嵐に抱かれ身は黒雲の電撃に撓むなかで
破壊しつくしてやまぬ息吹の深い嘆きをつたえる
宙《そら》の軋りを受信して人は驚き訝しむことであろう
遙かな昔に喪ったその感覚が疼きはじめるまで

＊
「西の方の…唆し」古事記の息長帯日賣命（神功皇后）はその祖型。彼女はKassandraの対極的存在。

船渠

Penelope

埠頭のあたりに
今朝も鷗があつまって
たかだかと螺旋を描いている

見えない風圧に
押しあげられ
風の鋳型にのこされた
形見の塔をかたどっている

ついばむ旅鳥の群れはまばらに
充たされぬ身の器
この空虚な墓を象るものが
極北の海にもあるという
あおい氷の塊に埋もれた
破船の入江に
充たされぬその形が

風のうちに聞いている
逸る槌音を
さらに駆りたてる歌を生み
壊してはまた産んだ身の記憶を

虚ろとなった体軀を
長々と横たえ
みだらな空無を夢見ている

とおい日にこの胎に受け
懐にいだいた弓の歌
剣の歌はかぞえきれない
粗鋼の馳せ場に弾けていた歓びを
時々に見送って
いまは充たされぬ器に
月ごとに溢れくる夜

草生した身の傾斜は
しかし欺きを欺くための徴
夜ごと祝宴を求める
あたらしい求婚者たちの
すべての虚言と酩酊を容れて

月ごとに覆され
月ごとに断ち切られる

備えをなす密かに
閃光の記憶とともに
柩のかたちで還りくるものを
迎えいれるための備えを
破船は還りくるか
見栄えなきその弔いの船は
舳先に立つ和らぎの人とともに

＊　詩人がトロイア攻略を高らかに歌えない時代。
この国を示す予型像としての Penerope ?

古起重機　Christophorus

鉛色の雲の一箇所が　虹彩の水晶レンズのように
見開かれ　気圏を斜めに通る光の柱が　地上の一
点に焦点をむすぶ　対岸にひろがった煉瓦の街並
を　司教座の城塞が睥睨するあたり　うちつづく
葡萄の斜面を背に　古びた起重機《クラーン》が一基

マインの河畔に忘れられている——口惜しくてな
らぬ　幾層の天《そら》を負う世界樹のように　永劫の時
を立ちつくしてやまぬと　決した意志《おもい》の移ろう間
もあらばこそ　身の朽ちて頽れるさきに　足元が
溶けだしてしまったこの口惜しさ

大地が飴のように流れてゆく　茫々と見わたすか
ぎりの湿泥に　身を支える要《かなめ》の一点を欠いて　腕
に自慢の梃子も何ら役を果たせず　もはや礫石の
ひとつを揚げることも叶わない　逆光にくろぐろ
と敗残の身を晒すばかり

山をも築いた先祖の誉れに遅れじと　みずから礎となって堅固な城を建てあげ　尖塔の先をさらに高くへ攀登る者を抱えあげる　それが一族の誇りであったものを　この不可解な氾濫に身内はすでに皆倒れ　不覚にも独り生き残っている

時おり乾いた夏の嵐が通りすぎる　戦禍から遠のいた鉄の時代の河口に　ひねもす漂い続ける微細な塵《プリズム》が　ひとつひとつ歪んだ鏡像を映す　電磁の波に似たその虚ろな充満に　幾世紀の繁栄が幻となり　重なってはまた離れ

大地がゆるゆると流れていく　これでは何処に佇もうと同じだが　時の河岸に立つ務めは誰のものでもない　己のみに定められた使命《やくめ》があったのではないか　俺はいったい誰を待っているのか　むしろ俺を打ち倒してくれる何かをか

いまにも倒れこみそうな湿泥の表面《おもて》に　鎖が測り縄のように垂らされ　先端の鉤はどこかの岩盤に届いているのか　身がついに頽れるまでは　一本の釣り糸のように総身を鋭く漲らせ　冥く底しれぬ世界の端に　ひしと喰いこんでいる

＊　ヴュルツブルク、二〇〇〇年。Christophorus についての伝承はヴォラギネ『黄金伝説』に由来。

水底から　an Narziß

ふかい淵から
わたしはあなたを呼ぶ
あなたの身振りにならい
渾身の力をこめて呼びかえす
あなたはわたしにまさって

ほんとうのわたしにいますから
いのちを捧げてかえりみぬほどに
わたしをあなたとしてくださるから
いくら身を装いこころを飾っても
あなたのまえに立ちえないわたしを
もはや真向かいを憚ったりしない
あなたから眼を逸らしたりもしない
あなたの眼差しは授けてくださる
わたしがわたしとしてなおここで
みずからを慈しんでゆくすべを

花々がいっせいに萎れ悲しむ
それは風に嬲られるからではない
もはやあなたの眼差しをどこにも
世界の片隅にも見ることがないから
けれどわたしは嘆きつづけてはいない
あなたの慈しみに囲まれているから

わたしの肩越しにあなたを見あげる
たくさんのまなざしを感じるとき
わたしの眼もふたたびひらかれ
祈るもののように手は伸べられる
ながれの底ふかく身をしずめ
水草のように手を伸べつつ
待ちのぞんで已まない
わたしはあなたを呼ぶ
ふかい淵から

＊Narziß - Christus の呼応。自己の似姿（imago）を愛する者。

風力発電　Prometheus

草の穂が一斉に燃えはじめる
野の花たちはどれも燭台に似ているが

ひとの祭壇の方がむしろ天然の祝祭に倣うのだ
崩れおちた尖塔の隙間をぬけて
舞い降りてくるおびただしい綿帽子が
灰のように運河をしろく覆いつくす

轍のとおりに深く剔られた舗石のうえを
迷彩服の男たちが曲芸師のように渡っていく

窓辺に掲げられた洗濯物のかげから
ちいさな子供がこわごわと外を見ている
宙に浮いた鏡のように他の風景を映しだす
世界の視線のひそかな転移を感じて

時代の画像をのぞき込んでひとは
明日の天候のようにすべてを心得ているつもり

だがおそらくは万象の嵐のなかにも
鉄の炎のなかにも風の源を聴くことはできない
むしろ草木の沈黙のむこうから
ひとは直視できぬ貌に見つめられている

老人たちが海の方角を向いている
年を経て銃の照準のように研ぎすまされた眼差し

その遠近法の突きあたりには
夏空を占拠するように巨きな翼が廻《まわ》っている
風の舞踏に肺腑を裂かれながら
大地のあばら骨が空に喰い入っている

撃ちこまれた三本の矢を翼として負いつつ
風の領域からとこしえに身を放下したそのかたち
むしろ地への拘束をみずから選びとり

風に撓う野の花のように
あるいは宙《そら》の激流を堰き止めて
ここに汲めと指し示す遙かな掌《て》のように

詩集『廻《めぐ》るときを』（二〇一一年）抄

難民の少女

1　ユディト

世界の閾にひとり佇《た》ち
踏みだす一歩を躊躇《ためら》う少年のように
あなたは不安げな顔でぼくの前に現れた
眼には挑むような閃光を奔らせて――

振るわれた剣《つるぎ》の形の国で
振るわれた剣は人々の心臓を貫いた

崖を攀るように逃れのがれて
たどりついた果てが遠い国の空

帰還する宇宙飛行士のように迎えられ
とまどいながら地に舞い降りたという

雪凍みる野をともに往くと
携えた手に伝わる血の脈は記憶をなぞる
蒐《あつ》められた十字墓標が迫り上がって
鉄条網のように行く手を遮る

捨て犬がいくら拾い主を慕っても
その言葉を愛するかは別の話
ついに樹に還ることを忘れた栗鼠は
もう栗鼠なんかではないただのネズミよ

振るわれた剣の形の国で
剣はなお貫いた心臓の拍に震えている
接吻《くちづけ》るときあなたの脳髄の中では

仕掛けられた火薬の炸裂する音がする
夜へ落ちる瞳のなかに黄色く冬日が灯り
昏からかすかに硝煙が匂う

2　エステル

滅ぼしてください
まずは　わたくしの国を

この国で生きていくのだから
まずは言葉を学ぶようにと
いとも簡単にあなたは諭すけれど

超新星を仰ぐように
あなたの国を臨んだことがありますか
遙かな昔に燃えつきているのに――

美しい言葉しか語らないものは
みずからの言葉に裏切られる
言葉を母と慕うことなど知りはしない

瞼を閉ざすと　太古の海が
世の果ての虚空に呑まれてゆくように
星座の崩れ墜ちる音が聞こえる

公義を見失った国は　盗人の国
ましてや盗人に諂うものに
甦生の願いがこみあげることはない

肉が生じ　骨が立ち上がるために
どうか一旦滅ぼしてください
まずは　わたくしの国を

それからどうぞ慈しんでください

わたくしの言葉を
あなたの言葉のうちに

騎士と死と悪魔

束縛なき身の気楽などと誰が羨むか
賽の目ひとつに血眼となる輩と
信義を争わねばならなかったこともある
斯かる一生をなお収得と尊ぶか

戦禍の過ぎ去ったあとには
蝗に食い尽くされた耕地のように
どこまでも褐色の景色ばかりがつづく
村から村への道は残煙にかすれ

そらそらあれがお日当ての分かれ道

今度こそは抜け目なくおやりなさいと
傍らをゆく道連れのひとりが
またしても諂うように囁く

わが悪しき伴侶のうちのひとりだ
油断すればきっと足下をすくわれる
一旦地に倒れれば容赦はしない
その魂胆が見え透いている

漸くたどりついた世の果ての都
錆びついた町の門をくぐると
時は収穫を祝う祭りの頃合いだが
大路は生業《なりわい》の声も凍てついて

右左にのぞいた冥い路地の奥から
幽かに嘆きのことばが聞こえ
そこに誰か居るのかと問い質すなり

しいっ　と応える密かな声

何かを喰らっているのか
骨の砕けるような音さえする
辺りに立ちこめる恐れと
浸みだした腐れを嗅ぎつけたか

寡黙な仕草で付いてきた
いまひとりのおぞましき伴侶も
欣々として周囲《まわり》を踊りはじめ
狂い犬さながらに唾液を垂らす

媚びる敵の策略をきっぱりと斥け
阿りをしらぬ残忍な供と親しむ
積年の務めを二つながら果たすべく
久しくわが遍歴は定められた

両者に道連れと馴染んだいまは
いかなる処であれ赴く備えはできた
途の果てに辿りついた都の有様が
心躍らせぬとてなんの悔いが残ろう

悪しき道連れを上手く誑かして
彼方に甦る望みに心惹かれる者もあるが
裡に根拠を欠く願いに賭けるのは
これもまた自らを欺く迷妄のひとつ

かりにわが分を超えて報いられるか
それこそは予期せぬ恩寵に帰すべきこと
義の立たぬ世にひとり巧みに
己を救ったとてなんの益となろう

流れゆく竪琴 Orpheus in Babel

墓園をゆく　四月のひかりのもと
地に身をのべた石の傍らを通ってゆく
草木の拭いさられ陰もなく陽の射すところ
風の遺す言葉にどんな響きを合わせたらよいか
石はみな愁い顔で思いおもいに額を傾けている

かつてはむしろ総てを抑えつけるかのように
みな居丈高に身構えていた　この春はもう
石のしたに鎮めるべき魂はいない
鎮められることに抗い　眠りを拒絶した
億年の憤怒ばかりが悪しき復活の時を窺っている

何故だろう　古より人の言葉は先陣をあらそい
峙《そばだ》とうと鎬をけずってきた

華々しい創意に彩られ叡智の塔は聳えたってゆき
奏功を頌える人の眼差しは　束ねられ
ついには宙《そら》の高みにまで引きあげられてゆく

どこへ流離ってゆく　地の絆を断たれ
乱れた言葉とともに散らされてゆく人々は
和んだ声と別れ　流浪の口々を未来に数えつつ
人の智慧が築いたこの巨きな石の墓を
いまは遠くから恐るおそる眺めやるばかり――

陰府に降り三日目に死人のうちよりよみがえり
波間を流れてゆく　おだやかに瞑目して
歌う頭《こうべ》と奏でる竪琴とが近づきまたとおざかり
奪いさられ死してなお葬られぬ人々のもとへ
混濁したうみの底へまぼろしの墓石を巡ってゆく
戮し戮される人の定めと嘆きをともにしつつ

おおうみは廃寺をいだいて荒びの塔の踵を嚙み
竪琴のゆくてに漂うひびわれた島まで
潮の満干とともに宥めの歌は響き已むことがない
沖の霊火から　癒された魂《いのち》の還りくるときまで

空蟬

今年はまだ全然鳴かないのよ
這い出るそばから鳥が食べてしまって
訝しみつつ辛夷《こぶし》の幹を見上げると
いま耳にしたはずの蟬の姿はすでになく
乾いた樹皮が陽に晒されている
――約束したこの夏の訪問を
友人たちは待ち遠しく迎えてくれた

くぼんだ眼と痩せた頬に
堪えつつ担われた笑みを認めた

帰宅して扉を開けると
花を手向ける人々のように
床を這う蟻の列が長々と続いている

降り立った夕暮れはすでに膚寒く
はや名残の蟬が鳴き始める

枝がいきなり跳ね返り
庭をおおきく対角線によぎって
手前の樹の陰にくろい何かが隠れた

梢はなおも揺れている
二股に分かれた辛夷の根元には
抜ぎすてられた沈黙が

いくつもいくつも落ちている

死と乙女

1　夏まつり

格子窓の向こうから
あいつが覗きこむとき
おれたちは目を逸らしたりしない
しらぬふりをして炎天をよぎる人影を見遣り
あいつを露台に立たせておく

戸口に廻《まわ》って
あいつが入ってこようとするとき
おれたちは身を翻したりしない
お囃子のひと節を調子はずれに歌いつづけ

あいつを敷居に立たせておく

車座に入り込んで
あいつが骨肉を口にはこび
手ずから饐えた酒を汲んでいるとき
おれたちはおれたちで肩を寄せ酒瓶を傾けあい
たがいに見ぬふりをしている

ようやく腰を上げ
あいつが宴を去る気配をみせるとき
おれたちはそっと顔を見合わせる
踊りの輪のなかへ還りゆく背を見送るおれたちに
あいつがしずかに振りかえる

＊ 主、振反りてペテロに目をとめ給ふ（ルカ伝二二章）

2 水風船

縁日で買ってもらった
その球《たま》はまだ君には大きすぎて
手のなかで弾むというより
君のほうがその弾力にはずんでいる

君の笑みを誘うその丸いかたちは
幼いわたしの夜にも華やかに灯ったが
翌朝には縁側の隅に忘れてしまった

あの祭りの宵に仰いだ月のように
宙《そら》のまなかに青く懸かる水のかたち
虚空を統べる大いなる母の体軀を
逸る風がまっぷたつに引き裂いたという

世界を水浸しにしてしまったあとで
神々はしでかした所行に自ら懼れおののき
幼子のように泣き叫んだという

宙《そら》のまなかに青く懸かる水のかたち

水はむしろ抱かれたのだ風の息吹に
そのかたちには地球という名が与えられ
祝福にふくらむ太古のからだには
来るべき未来が宿されていた

いま君の手を揺らすそのまるい弾みも
君の胸にふくらんでゆく拍動を
いつかくっきりと象ることだろう

そしてわたしの鎖骨のしたに揺れる均衡も
ある日不意に上がり下がりを終え
時の縁側にひっそりと置かれるのだろう

祭りの囃しが響き止むその時まで
どこかでやさしい右の手が
弾ませている水風船
勁い左の手がとどめるその時まで

祈りのかたち

紗奈

詩をこころざすこころは
なぜか老人の知恵にわけもなく憧れる
ひとはみな生まれながらに
ひとつの問いを握りしめて生まれてくると
分かったかのように歌ったことがある
まだ魂が世界を手探りしていたころのはなしだ

だが凮にそよぐきみの小さな指を見ていると
ひとは初めから問いを担って生まれはしないと
陽のいきおいを逐って差しのべつづけた拳を
せんかたなく下ろす日没のまぎわに
覚えずして握りしめていた掌をひらき
さえざえと燃える氷の塊を見出すばかりだと——

まるでみずから徴を摑み取ったかのように
これだこれだと叫んでひとは駆け出していった
走り去るひとはみな何処へ行ったのか
遠のいていった祭の賑わいの彼方に
黄ばんだ冬空と辛うじて釣り合う灰青《コバルト》の海を見た
黒々と横たわる大陸に兆す曙光を見た

暮れゆく時の一処に炎はなお静かに揺れる
突如立ち現れる人の眼の憎しみが私をたじろがせ
ああと声をあげて行き過ぎるひとの喘ぎが
命の淵を深みから掻き混ぜるとき
背伸びをして見上げるきみの目の奥の震えは
私の胸骨を音叉のように震わせる

国境《くにざかい》にて

他の九人は何処にいるのか（ルカ伝一七章一七節）

目ざとく一人が叫び声をあげると
遅れてなるものかと皆がそれに倣った
きっと何ごとかも分からぬままに
叫びだした奴も居たことだろう

往け　まず行って
為すべきことを果たせとは
期待に外れたぞんざいな答え
眼差しに気圧されその場を離れたが

半丁ほども往かぬうちにことが生じた
肉の身から何かが芳しく薫りたったのだ

頬をなで腕をさすり
互いの貌をしげしげと見つめているうちに
腹の底からこみあげる歓びに促され
一斉に躍り上がって駆けだしていた

抜けられるぞ　遂に
忌々しくも閉ざされていた
娑婆への門口をついに通りぬけられる
急ぎ　坊主どもの証文をとりに行け

誰もが奔りながら考えていた
まずは駆けつけよう　あの女のもとへ
それから奪われた家を取り戻しに
それとも残した商いに勘定をつけるか

ふと奔る足の勢いがとまる
坊主どもはきっと懐に手を差し入れて
言葉は升目で量られるだろう

吹き溜まりの群れを抜けても
余所者としてなお除け者のこの身だ
そんな世の仕打ちとはまだ
血を流すまでに戦ったことがない

彼らの願いが迸るままに
唸りをあげて奔りさった国境いに
颪は相変わらず腐って澱んでいる

俺はあの人の処に立ち戻ろう
誰もが眉を顰めて遠まわりしていく

この辺鄙な界隈を往くとは
どれほど密かな意図から出たことだろう
風はすでに癒されている
濁っていた言葉が
歌と澄みわたるのがその証しだ

ときの象り　廻《めぐ》る時を

ほら　錠《かぎ》が開いているよ
青銅の扉に身をよせて押し開く
暗闇にようやく目が慣れると
あなたの胸の辺りが仄かに明るむ
地の底ふかくまどろむ風を集めようと
あなたはふかぶかと息を吸い込み

ほとばしる歌の響きは　倍音を得て
柱を震わせ　石の壁をつたわり
丸天井を膨らませ高々と持ち上げてゆく

御堂の尖端が星空に取り舵の弧を描く
地の四隅から風を満帆に受けて
宙《そら》の外海へ滑りだしてゆく帆船のように——

旅の途上ふと立ち入った湖畔の礼拝堂《カペレ》で
あなたの口に溢れ舞う祝いの歌に
彩色ガラスの人影が昔の呼び声を取り戻し
風琴《オルガン》が幾千年の調べを想い起こすとき
裂かれた傷　埋《うず》められた嘆きもまた甦り
砕かれた骨の祈りをふたたび輝かせる

天地が新しくなるのだ　私たちも
新たな公転を願う二つの惑星のように
それぞれの歌に響きを交わしながら
蒼穹へ　それぞれの軌道を駈けてゆく

大椎

秋谷　豊に

あなたのあとをついて丘を登る
こわくはないよ　みてごらん
促されるままに顔を上げると
大きな木が四方に枝を広げている
端はいまにも空からはみ出しそう
枝のあちこちに白い紐が下がっている
よく見ればそれはみな蛇の抜け殻で
こわくはないよ　よくみてごらん
気を取り直して目をこらすと
ひとつひとつその先端に星が瞬いて
流れ星みたいね　と指さす先から
夜が瀝青の輝きを撒き散らした

図書館の壁に射す陽の翳が
世界の喧噪を映し出すその一隅に
黙々と歩んでいるあなたの姿を認めた
あなたは重いキャラバン靴を履いて
地の果てに詩人の木を訪ねているという
光の奥に国境の市の賑わいが聞こえた

再び見《まみ》えたあなたの腕は陽に灼けて
背嚢のなかから砂漠の嵐に混じって
放浪湖の魚が跳ね出してきた
ときにすれ違っても言葉少なく

遙かに旅立ってゆくあなたを見送る
いつか同じ途を往く喜びに心は躍った

アッピア街道の轍のあとをたずね
フン族の鞘鳴りの音に耳すましながら
反対側から大陸の奥へと歩んでいく
遠く敦煌やヘディンの風を聴くとき
大陸の背には懐かしい大榧が聳え
あなたが独り立って手招きしている

カササギのいる風景

小高い丘のうえ
遠く入江をのぞむ眺望の片隅に
画家はひっそりと立つ絞首台を描いた
目をこらすと

横木にカササギが止まっている

画家がついに描かなかった鳥の声を
耳にした者は
いつの時代の誰だったか

こわごわと目を伏せ
ときに激しく怒号の礫を投げながら
傍らを数多の人々が通り過ぎていった

だが時の移ろいを越えて
すべてのものを通り過ぎたのは
むしろその絞首台であった

歴史の奏する五線譜を
黙々と区切る小節線のように

夜を趨り抜けてゆく風の勢いを
ひとり聴き止《とど》めたのは
むしろその絞首台であった

ぶなの森で

1 柵山

十一月もやがて終わろうとする
初冬にしてはどこまでも澄みきった朝
木立に残る葉を透けてくる光が
歩むごとに紋様を虹彩に趨らせる

バスを幼い笑い声で充たしていた
通学の子供たちとは反対の方角へ歩む
麓はなお霧に覆われているのか
町の姿はもう見定められない

かつてひとりの詩人が好んで通《かよ》った
その同じ道を往ってみようと
きっと同じ風がふいているから
鳥たちがまた還ってきているからと

かつて一人の過ちすら偉大だった時代
その偉大な錯誤に終わりを告げたのは
この地に達した一条の鉄路
そのとき山稜は鉤型に斬り開かれた

ひとたび斬りはらわれた山肌には
ふたたび木立が生い育つことはない
乾いた小石はそれぞれの向きに俯いて
無表情をいつまでも装っている

どこまでも遮られぬこの明るさのはて
　見晴らしのゆきつくその境界のあたり
　　整列する木々はみなよそよそしく
　　　黙って空を指さしている

2　麓の町

車輪を水に落としたまま
沼の畔に荷車が止まっていた
荷台は嶮しく傾いて
積荷の端は水面に没していた

嘶きは遠くから聞こえていたが
もはやそこに動くものの気配はなかった
麻袋は水面から泥水を吸い上げて
自らの重みで覆っていった

詩人は最後の床で総てを見ていた
もはや鳥の囀りも揮発して
木々はみな黒く焼け焦げていた
もうすこしだけ光がほしいと

若い妻の見慣れた手から放たれて
小春の空に飛び立つように
一羽また一羽と
白い翼よ羽ばたいてほしいと

妻は懼れるしかなかった
粗雑に積み上げられた
洗濯物の端が水に触れている
そのさまを不安げに見つめていた

水槽の水を吸い上げ
衣服がそれ自身の重みでかしいで

水の中に落ち込んでいくさまを
なすすべもなく見つめていた

3　ぶなの森

ひとはみな上着を脱ぎ下着を脱いで
　灰色の部屋へと入っていった
　　天井は低くひとはみな直立して
　　　汗と汚物の臭いに堪えていた

遺されたその無数の翼が
　鳥たちを逐っていったのでなければ
　　ひとつまたひとつと舞い上がり
　　　飛び去っていったものは何だったのか

小春の空にたなびくように
立ちのぼる雲を町の人々は見ていた
　冬空に染みついた沈黙と
　風に凍りついた眼差しを覚えていた

斬られた樫の株にはのちに
　ゆかりの詩人の名が付されたが
　　檻と血の臭いは町の紋章から隔てられ
　　　樹木の記憶だけに委ねられた

十一月もやがて終わろうとするこの朝
　木立はなお葉を残していて
　　陽射しにじっと背を向けている
　　　枝間を縺れくる光が地を叩いている

小石ひとつの重みは
　小石ひとつに勝りはしないが
　　このとき黙して陽射しに耳傾けている
　　　礫石だけが自らの重みを知っている

婚約者

獄《ひとや》が吼える　吼える虎のようにあなたは
闇とひとつになって振り向き　格子を震わせる
夜の淵を煽り　自らも引き込まれてゆく
わたしの総身を轟かせ　わたしの憾みを嚙む

世界をふかぶかと沈めた澱みの底から迸り
あなたを詰り　罵る言葉をあなたの頬が受ける
己が悪意に自ら打たれるあなたの額の傷に
わたしは透きとおる水の声をはっきりと聴く

ひとよ　愛を知るいのちこそ命に代わると——
いつのまにかわたしはあなたと夏の野をゆく
合流する流れのように縺れながら手を取りあい
まだ一緒に歌ったことのない歌を重ねつつ

振り向けばあなたの姿をどこにも見ない
もはや祈りの要らないその夜　わたしたちは
地上に契りあった男と女としてではなく
太古の龍のように出会い　熾天使のように語る

夜のしずく

ディートリヒ・ボンヘッファーに

地の四隅から
爛れた風が吹き込んで
森の縁を膨らませ
煽るように揺り動かしている

このとき眼に留まる眺めに
どうしてなおも望むことがあろう

尋問室の窓坑から
滴りおちる呻きの雫が
疲れた床に溜まっていく

ときおり澱みを掻き混ぜるように
嘲罵がいきなり背後からそそりたち
凍った大鎌を振りおろす

悪しき叫びが周りを取り囲み
地の面《おもて》が支えきれぬまでに
時代の背骨を撓ませる

だが君を取りまいているのは
むしろ善きもの密かなちからだ
瞳をまもるように
夜が世界の瞼を閉ざす

ひととき眼を留めるものに
どうしてなおも望むことがあろう

産声を控えた幼い喉のように
暁の空が震えはじめる
望みは荒々しく世界を襲い
むしろ真っ向から君を牽いてゆく

朝のしずく

堤岩里を語った若者に応えて

しんしんと寒気の浸み透る
肩幅ぎりぎりの壁の間に
坐すことも伏すことも許されぬ
正対する扉の覗き窓の向こうには
殴打の機を窺う者が待ちかまえている

扉は閉ざされてはいないのだ
ひとこと願いさえすれば
いつでも出てゆける
ただ良心を捨て
望みに背きさえすればよい

さほど隔たらぬ一室では
骰子に興じながら
己を裏切る舌の響きを
これにまさる快楽は無いと
待ち受ける男たちが控えている

麓では母親が子供に語り聞かせる
言うことを聞かないと
あの男たちに連れて行かれるよ
山の向こうの
あの人たちみたいになってもいいのかい

夜にはたくさんの翼が舞い降りた
獅子と龍とが対峙し
吼え猛る氷の洞窟のように
とおく世界に風の吹き荒れる夜
死はついに死を打ち砕いた

明け方にいきなり
呼びつけられた身内の者たちは
堅く凍り付いた立像に
湯を注いでようやく
地から引きはがすことができた

黙した肩に担われ
仰ぎみる姿勢のまま
青い柱が朝を降っていく
溶けて透きとおった頰の光が

雫となって脅された人々に降り注ぐ

変奏曲

世界の最も若い日に

木立が激しく揺れている
今朝も世界は
重々しくざわめいているのに
どうしてだろう
そのどよめきが聞こえない

ひとりのひとの
かなでる巧みにうながされ
音をたてずに
木立がみな揺れている
新しい世界への招きのように

しずやかに
かるがると
この沈黙の彼方へ
鳴り響いてゆけと
沢山の手が一斉に揺れている

目覚めよと
いきなり呼ぶ声が聞こえる
はるかの高みより
光の瀑布が
枯れ骨の野をつらぬく

新しい日の歩みに
初めの詠唱《アリア》が還ってくる
辿り着いた果てが
思いもよらず
幼い日の風景であったように

とおい日の
初めの歩みの勁さで
懐かしい旋律が還ってくる
新しい世界への促しのように
命がいきなりかるくなる

詩集『魚の影　鳥の影』（二〇一六年）抄

魚の眠り

Aquarium

1

空をちりぢりにひき裂いて
寒気の隊列が通りすぎていった
昨日の空が巻きとられたあとに
暁が今日の陽を刻もうとしている

なおもうねりの止まぬ海面に
ひとすじ射しこむ光を目指して
海溝の暗い谷間から
魚の群れが一斉に昇りはじめ

勢いよく跳ねあがる
おびただしい紡錘形の輝きは
透きとおった巨きな境に遮られ
忽然と別の世界に移される

二つの世界がかさなって
総てが置きかわってしまっても
群れはその変貌に気づかず
ひとしく微睡みの境を泳いでいる

2

通りすぎてゆく風の方位が
世界をそのつど新しくする
曙光や驟雨が一日を獲得する
密かな手続きを繰りかえしながら

自らに代わるもののおかげで
贖われた命を生きている
港に停泊する魚形《ぎょけい》の甲板には
世界のこの仕組みが刻まれている

街はまだ魚の眠りを眠っている
僅かに朝の営みへ起きだした
女たちの肩のあたりに
世界が仄かに明るんでいる

目覚めて魚のように跳ねまわる
児らを巧みに抱きあげた
母たちの腰のあたりに
世界が仄かに明るんでいる

鳥の影

高層の窓辺に佇み
見はるかす彼方
一羽の鳥影が浮かび
滑りゆくその飛翔の軌跡を
視線はどこまでも追いかけてゆく

追いかける眼の迅さに
心は辛うじてついてゆく

鳥の軌跡は
惑わしの残像
かつて日輪に撃たれ
穿たれたその傷手のために
焦点はつねにその痕跡に結ばれると——

とおく鳥の軌跡が掠れゆくあたり
ひとこえ響きわたった悲しげな叫び
たしかに届いたこの叫びも
かつて剝がれおちた
記憶の残響なのか

むしろ彼方からの訴え
呼びかける合図ではないのか

磨かれた錫板のように
冬空は鈍くひかりを放ち
鏡に刻まれた擦過痕として
空の巨きな瞳のなかを
鳥の光跡はよぎってゆく

魚の影

手作りの銛を携え
額から汗を滴らせて
子どもは川から帰ってくる
目にしたばかりの出来事に
心を捉えられ俯いて

対岸の中州を塞きとめ
半日がかりで作りあげた澱みに
鱗の輝きをみとめ
心おどらせ浅瀬をわたる
そのとき

視野を外《はず》れた高みから
いきなり降下して
水面を打つ激しい勢いとともに
羽ばたく翼の陰
抗わぬいのちが光った――

時の深淵と
記憶の流れをさかのぼり
浮かびあがる悔恨は
水面を真下から仰ぎ見るように
生きいきと揺れている

刻々と移る水面の
しかし揺るがぬ隔たりを
無いものとして越えさせるのは
鋭い鉤爪かそれとも
熱く咽に食いこむ針か

漸く芽生えた新芽の間に

木に掛けられた昨冬の犠牲《にえ》を認め
朝を歩み出す子どもは
尾鰭をひるがえし
夏を跳ねあがる

漁夫と妻

KHM19 によせて

1

漁《すなど》った獲物はなんと異世界のものの姿かたち
捕らえてはみたが魚の神々しいほどの眼差しに
反対に魅せられつい放してやったという
煮汁の凝り固まったような飴色の海原を
裂かれた肉の姿でなお生き生きと尾鰭を振るい
深みへ深みへと魚は泳ぎ去っていった

爾来男は海中から魚の眼で自身を見ている
漁られた命の震えと重みとはむしろ
漁った者の手に刻まれていつまでも残るのだ
再びその眼差しに見《まみ》えたことはないが
男はただ憧れを日々の糧として生きつづける
いつか自らもその姿に似始めたのも知らず

2

海崖の木にあの人はぶら下がって
寄せ来る波濤に耳を傾けている
もう聞こえなくなった耳で
波の説教に学ぼうとしている

あの人はもう私を見ることがない

私はひとり寝床から起き出して
私を映そうとしない鏡に向かって
見たこともない背中を見つめている

私のなかに棲む鱶鮫は
昼の間その美しい背を囓りつづけ
夜になると私の心臓を囓りはじめる
私はひとりその音を聞いている

＊ KHM: Kinder- und Hausmärchen (Brüder Grimm)
グリム兄弟「子どもと家庭のためのメルヘン」

沈黙の国で

Agnès de Lestrade: La grande fabrique de mots. への応え
一変奏として

此の国ではほとんど誰も話をしません
話をする暇がないからではありません
先にまず購入せねばならないからです
ことばにはそれぞれ値段がついている

誰もが好み欲しいと願うことばは高く
安っぽい単語《ことば》は値段もまた安いのです
偉い人たちだけがことばを持っている
値の張る語彙《ことば》を存分に儲けてきたから

偉い人たちは話題《ことば》に窮することがない
少し偉い人も話の乏しさを覚えません
次の作業を命じる上司の口調《ことば》をまねて
仕事場で鸚鵡返しに繰りかえせばよい

ことばは工場で作られ店で売られます
でも下端の従業員たちは話をしません
黙々と仕事をつづけ黙って帰宅します

自ら作った美しいことばが高価《たか》すぎて
帰宅して若い妻に語ることもできない
いつか子供には贈ってやりたいと願う
人々は大切なひとの大切な時のために
慎ましい仕方でことばを買い求めます

一尾の魚を分け合う疲れた母と少年は
食卓を挟んで黙って見つめ合うばかり
母の目に湛えられた涙と笑みに応えて
少年もまた精一杯ほほえみを返すだけ

涙の重みを語ることばを偉い人たちは
涙を流すこともなく沢山蓄えています
望みや祈りそのほかの美しいことばを
花や鳥や星や雲などの綺麗なことばを

仲間同士の気の利いた会話の時どきに
書棚から辞書を漁るように引いてくる
久しく棚に降り積もった埃がときおり
不用意に窓を開くと舞い上がってゆく

街の通りにはそんなことばが風に漂い
やがて路地裏の吹き溜まりに沈殿する
その日暮らしの家のない人々にとって
それは大切な糧として集められる片言《ことば》

学校の帰り道で少年の目にとまるのは
もう誰も振り向きもしない沈黙《ことば》ばかり
犬っころやら糞食らえやらけんか腰で
えらく威勢のよい響きに消されながら

石塊や草の穂が黙って合図を伝えます
少年はそれらを大切にポケットに収め

母が帰ったらまず話そうと思うのです
石の上で蒲公英の綿毛が踊っていたと

時はその岸辺を知らない

the substance of things hoped for,
the evidence of things not seen.*

くろぐろと地に整列した屋根に
不釣り合いに高いテレビのアンテナが
等しく西の彼方に向いている

時はその岸辺を知らない
群雲はひとつひとつ鈍い光をまとい
黙々と東の彼方へ流れてゆく

夜の方角から風が吹きよせると
書物の頁が次々と繰られ
舞い上がりまた速やかに重なってゆく

まだ書かれていない頁がどれも
すでに古びて黄ばんでいる
記されたはずの声が畳み込まれてゆく

ついに灯されることのない沈黙が
驚きに開かれた口唇の形で
暮れゆく名残の空に懸かっている

虚ろな訴えのみ対岸に漂着するとき
言葉は雫となって滴り落ち
砂のなかに密かな物語を記してゆく

時はその岸辺を知らない
ただ今の刻《とき》を惜しむかのように

繰られる頁の縁に次々とふれてゆく
少年が願いをこめて抛った飛礫《つぶて》が
水面を切ってゆくように
時が夜の水面を次々と切ってゆく

＊

望まれるものごとの実質なるもの
まだ見ぬものごとの明証なるもの（ヘブル書一一章）

星の眼差し

1　天宙図

天幕の裾を持ち上げて
少年が向こう側を覗き見ている
世界の果てるその向こうに
少年は何を見いだしたか

星々の交錯する精巧な機械か
大いなる手の育む宇宙か
各層には天の諸力や軍勢が控え
地上の世界を見つめていた

少年が星を見上げるとき
少年もまた星に見守られていた
不遜と怠慢には必ず報いが臨み
一時に数多の星が墜ちてきた

何時《いつ》からだったか
少年が仰ぎ見る眼差しを
筐の底に灯すことを学んだのは
地が冷たく輝いたのは

天地を分かつ蒼穹の幕も

いまは細胞の膜に薄くかさなり
生死を隔てる境の向こうから
突然細い針が突き刺される

もはや星の墜ちない世界に
老いた地はひとり苦みを増し
もはや願いを寄せられぬ星々は
とおく眼差しを寄せ続ける

2　幕間

それが舞台だと思っていた
巧みに歌い
見事に奏でてみせる
そこで私たちほど
息の合う仲間はいないと思っていた

それが舞台だと思っていた
それぞれに稽古を積んで
いのちの晴れの刻《とき》に
息の合うところを聞かせて唸らせる
それが本番だと思っていた

行ってくるねと
いつもの親しげな挨拶を残して
垂れ幕の間を抜け
ひとり舞台に出ていった君
君を迎える歓呼の拍手が漏れ聞こえた

いまも舞台裏で歌う
もう君は戻っては来ないから――
待たれているのだ
出て行って私も
本番で歓呼の歌に加わるその刻を

世界の閾で

造られたるものみな今に至るまで
ともに呻きともに産みの苦しみを

1

創《はじ》めに　呻きがあった
翼をかざすように
水のうえを覆っていた風の
ふかい吐息に込められた求めは
水を穹《そら》の上と下とに分かつ
創めの息吹に込められた願いは
（瞳のようにあなたをまもろう*1
夕に朝を継いで　世々の果てへ——

天を名指し　道を示す
（崇敬措く能はざるもの*2
人の心に厳然と識《しる》されたその声が
地のうえに響きを已めて久しい

（崇敬措く能はざるもの
星々はなお穹の頂に耀いているが
極光がとおい漁り火のように
世界を昏く縁どっている

陽の蝕を飛ぶ　すすけた木菟《ずく》に
つつきだされた瞳のように
水惑星は褪せた輪郭をさらし
つめたい劫火の中をさ迷ってゆく

——初めに　呻きがあった

堰をこえて迸りおちる
大海《おおうみ》の底深い吐息をたたえ
水の面《おもて》は煌々と照り映えていた

2

生い茂った夏草のあいだに
戸口の閾が覗いている
誰かを迎えいれる扉もなく
蒼い空だけを支えて
寂かに海と向かいあっている

遠い日に少年はこの処から
汀へと降《くだ》っていった
網を空へ投げあげると
漁られ　引きよせられて
雲間から陽の影が射しそめた

陽の暖かみを胸に
少年は海の深みへ降りてゆく
海が少年の深みへ降りてゆくのか
ふたりの境に世界が入れ替わり
水底に陸《おか》の景色が揺れる

昼が傷んだ翼をたたむと
夜の潮《うしお》が世界の閾に打ち寄せ
光る魚が言葉を食んでいる
新しい戸口に　新しい人
少年を再び迎えいれる時まで

＊1　願くはわれを瞳のごとくにまもり汝のつばさの蔭にかくし（詩篇一七篇八節）
＊2　益々新たとなり増し加わる感嘆と崇敬とをもって心を満たすものが二つある。それはわが上なる輝く星空とわが内なる道徳法則とである。（I・カント）

虫の影

虫だ　虫だと
そのひとは懼れた
湯呑に蜂が浮かんでいると
きれいな茶を怖々と捨ててしまった

虫はそのひとの目のなかに棲んでいた
目を瞑ると
瞼を透ける明るい闇を
蠢めく黒点として

目を瞑ると
閉ざされた空の隙間から
すずめ蜂の群が
侵入する機を窺っているのだった

感覚を肯《うけが》う命が
むしろ錯誤によって
あやうく支えられている
残された時を蝕むものへの抗いとして

命は崩壊によって支えられている
わたしたちはみな懼れる

目を瞑ると
しずかに星が瞬くことさえも

敵蜂の襲来が過ぎ去って
そのひとは
冬空の下に静まりかえっている
野の隅に置かれた蜜蜂の巣箱のように

墜ちるものに

かぎりなくやさしく両の手で受けとめている。　リルケ

1　遠雷

西風が撫でてとおるたびに
街路樹がお辞儀をくりかえす
交わしたばかりの挨拶を
忘れてしまった老人のように

路地では少年たちだけが
夕のときを惜しんで駆けまわる
まるで敵か味方かいずれかだけで
世界が成りたつかの勢いで

夜がまだ熱く雄弁だったころ

庭に早熟の実がおちると
とおい空に蓄えられた
雷の弾《はじ》ける音がきこえた

いまは干からびたパンが
ひそかに食卓から墜ちて砕ける
ひさしく用いられぬまま
わすれさられた言葉のように

2　箒星

高くつきぬけたそらの碧さを
雲がふたすじ波のかたちに航跡をかさね
競いあっていた遁走曲《フーガ》の声部が
響きを収めたような安堵が流れてゆく

雲の裾を吹きはらういきおいで

地の傾斜を風がわたってゆくと
空の転換に追いつこうとするように
残りの蒲公英が一斉に舞いあがってゆく

総てのものをつなぐこの憧れの紘《いと》を
きっぱりと断ちきる鋏が存在するか?
粛として否と応える祈念《おもい》が
虚空にとてつもなく巨きな軌跡をしるす

宇宙の果てをめぐる円環をえがく
しかし夢の大きさに自ら堪ええぬものが
ときにはるか彼方から墜ちてきては
地に清浄《しょうじょう》な悩みのあとをうちあける

あなたに

1

駆けまわる少年の
ズボンのポケットの底に
丸く磨りへった蠟石のように
知らず知らずあなたを持ち運んでいる

洗いざらしのシャツか
襟巻きのようにあなたをまとい
きっとわたしのこころではなく
肌があなたとことばを交わしている

あなたを想うとき初めて
目のまえに昏い淵がひらき

わたしのことばが箒星のように
尾を曳いて墜ちていくのが見える

あなたが沈黙に隠れていても
遙かむかしに拾った櫟の実のように
わたしは内ポケットの底に灯り
あなたの深淵に運ばれている

2

夕の風すらもひとを欺こうと
沼の呟きを運んでくるとき
わたしのことばがこれに抗い
ことさら冷たく沸きたたぬように

悪しき風の向きを転じようと
樫の木のように身構えることなく

足もとに草穂の祈りを感じつつ
夜の頂に向けて糸杉は囁いている

おのれを厭うことばの打擲に
拉かれ　穿たれ　砕かれるとも
川はどこまでもこれを湛えてゆき
正義を復讐と紛れさせることがない

呪う者の口吻があなたを装うとき
わたしは隔たる岸のあいだを流れる
しずかなことばの水流でありたい
あなたの沈黙がそうであるように

地にては旅人

船着場を鷗が舞っている

河の流れをさかのぼり
大陸の奥深くまでやってくる
気がつけば彼らはいつも
逐ってくる惨禍の記憶のように
風景の中空《なかぞら》をただよい
泊りを顧みることもない

おさだまりの挨拶と記帳ののち
導かれた最上階の天窓からは
連なる赤屋根のうえ
くろぐろと陽の影が覗く
家々は互いに肩を寄せ
怯えた羊の群れのように
中心に集まろうと犇めいている

道に薄い翳を曳くように
いつも自身の精神《こころ》を
二三歩遅れて引きずってきた
行きついた宿りもまた鳥の領分
しばらくは宙《そら》の余熱のもと
鳩の一族と起き臥しを
共にすることになるのだろう

あるいは冬の蜜蜂のように
巣箱の奥で堪えしのび
世界の甦る日を待つのだろう
子どもの仕草で陽に手を翳すと
真昼なのに空いちめんが暗くなり
世界の芯が透けて見える
時間の隙間から光が漏れてくる

木苺の径

エルンスト・バルラハに

冬空を鋲で留めたように
湖の対岸には
監視塔が等間隔に並ぶ
櫓には射撃の的のように
鉄兜の少年たちが整列している
みな蒼白い顔をして——

少女は機を織りながら
幼なじみの少年を想っていた
道ばたの木苺のように
——むかしむかし
この辺りの森の深みに
魔女が棲んでいた頃のことだ

灼けた鉄靴で踊った妃の昔から[*1]
憂いの盾のかたちで
民の瞳は固く閉ざされている
見てはいけない世界は
茨の向こうに隠され
眼裏に像を結ぶこともなかった

ひとは俯くことに慣れ
幾時代が過ぎていったのだろう
烏羽玉の夢を滴り
なおも滲《にじ》みくる命のために
創作を禁じられた彫刻家が
孤独な愛着を遺した島のはずれ[*2]

かつて辿った水辺の径は
過酷な時代を知り尽くしたが
演習場へ分岐する辺り

冷たい霧のなか
木苺はいまも赤い実をむすび
思いもよらぬ処に灯るのだ

＊1　KHM 53「雪白姫」／KHM 50「野ばら姫」
＊2　冷戦時代に東西境界にあった湖畔の町ラッツェブルク。二〇世紀末まで対岸は東ドイツ。バルラハはナチスに堕落芸術と弾劾されたが、戦後彼に縁のこの町に彼の彫像作品を収めた美術館が置かれた。

ときの薫りに

ひとの姿を消し去っても
拭いきることのできない人のかたち
激しく奪う流れに晒され
いっそう芳しく匂いたつもの

踏み入ると足うらに灯が点る
懐かしい路地の門口あたり
いちめんに散り敷いた赤い椿が
なぜか驚きの眼を見開いている

応対に現れたのは初老の女《ひと》
その姿におどろいたのは　父よ
あなたの頑丈な腕に迎えられると
何時までも信じこんでいた迂闊——

ひとは世界と等しく造られている
事物の声を総身で聴きなさい
鼓動を重ね　息を一つに交えなさい
餞の言葉はなお胸に響いている

掌にのこる祝福に励まされ
母たちの怯えた眼差しを尋ね

ひとの懐に手を伸ばす子供たちの
掌《て》の温かさを確かめてきた

男たちは密かに骨牌を数え
損じると賭場を覆す繰りかえし
明け方の眠りに就く疲れた空を
爆弾を抱いた天使が飛んでいった

世界を肌身に刻むほどに　父よ
あなたはいっそう近しくなり
時は少年の声を擦れさせたが
肯《うべな》う声への憧れは募った――

日月の営みの途絶えるところ
ひとを担うのはときの薫り
その女《ひと》に託された深草色の上着
目を閉ざせばあなたはそこに佇む

染みついたあなたの血の階梯を
再び辿ることはできないが
路に焚かれたことばの灰燼を
身に纏ってふたたび歩み始める

激しく奪う流れに晒され
いっそう芳しく匂いたつもの
誰もがその一節を唱えられるのに
誰も繙いたことのない書物のように

雲の伽藍

鳥の声に促され
深みへと瞳をひらく
とこしえの戸よ　あがれ

玲瓏とした天涯のひろがりに
梁の辺りはもう眩しくて見えない
遙か飛雲文様の太柱をつたって
澄んだ響きが滴りおちてくる

海狸の巣作りに似ているね
どこか俺たちの仕事は
こんな途方もなくでかいダムをこしらえて
なにを堰き止めようというのだろう
はるばる泰西の田舎町
ヴォルフェンビュッテルの宿屋から
そんな戯れ言を書いてよこした
きみの気まぐれを笑ったものだ
俺たちの住処はなるほど
地に粗末な土台を据えてはいるが
てっぺんはどんな雲居にとどいているか
その先端に裳裾を引っかけて

天使だって墜ちてくるかもしれない
じっさい木の実や鱒の燻製のかわりに
エックハルトやらヒルデガルト
古今の碩学や聖人の名を貼った壜を
壁一面に何段もならべた
きみの穴蔵を訪ねては以心伝心
おたがい顔を見合わせて笑ったものだ
世界のはずれを外れた
どんな原っぱからだったろうか
われもまた後生大事と抱えて
蒐めてきたいずれ役立たぬ木っ端ばかり
あっちを齧り　こっちを齧りして
そこいら中に散らしてしまったあげく
こいつは咳でもしたら
みな弾けちまって大ごとだと言うそばから
くしゃみをしたきみの老眼鏡が
いまは寂しくも懐かしい

門《かど》よ　その頭《こうべ》をあげよ
とこしえの戸よ　あがれ
薄暗い書見台より解き放たれて
空の伽藍をかるがると渡る雲の営みに
いまはようやく慣れた頃合いか
いまはそこで俺たちの
不器用な讃美をうたっているか

墓苑をゆく　Warte nur, balde/ *Ruhest* du auch.*

待てしばし
やがておまえも休らうのだ——
かつて詩人が自ら促したそのように
休らう？　やがておまえも？

ああ　休らうだろう　だが
寂かな眠りへの誘《いざな》いではないよ
お聴き　休らうの　ら
らりるるるるの　る　それは

吹き寄せる息吹に石が
いや巌が　まろび　覆《くつがえ》り
勢いよく転がってゆくその音さ
流《る》るるるるるる　るるるるる　と

この日　石がみな
平らかに寝ているのは
風に奏でられるオルガンのように
時の手に弾かれる鍵盤だからさ

春浅い午後の
のどかな陽射しに摩られ

跳ね起きて駈けだしてゆくその刻《とき》の
響きを蓄えているためさ

スモモの木が揺れている
乾いた石の並びを
やがてみどりの驟雨が襲うだろう
るるるるる　るるるるるるる

すると朽ちた葉の
脈はひと筋またひとすじと漲って
地表から順に風に舞い
空へそらへと翻ってゆくだろう

＊　待てしばし、やがて／おまえも休らうのだ。
（ゲーテ「旅人の夜の歌」）

新生

未成の拳をひろげ
手探りをする君の指を見た
まだ目を瞑ったまま
スキャン画面の向こうで
君はなにを探そうとしている？

待っているのか
蕾のなかに
今は堅く折り込まれ
やがて陽の圧力に促され
しずかに花ひらいてゆくその時を

開いていくのか
それとも折り込まれていくのか

いずれかは知らぬまま
わたくしもまた待っている
許されるなら

身の丈が縮み
腰が曲がるとともに
生に折り目を付け
胚のなかに正しくたたんで
もぎ取られてゆくその時を

小部屋のひとつひとつに
新たな命をしっかりとしまって
果実は君の手にとどく
君の咽をうるおし
鮮やかな歯形をしるすために

エッセイ

詩への憧憬

リルケやトラークルなど、ドイツ抒情詩との交わりに私の文学への憧れははじまった。だがその志はいきなり縺れる糸のように絡まってしまった。

学生時代にふと手にしたキルケゴール。その垂直に切り立っていく思想との出会いは、素朴に詩作に没頭することを困難にした。「詩人的存在は罪である。」反感を覚えつつもその不埒な言葉に魅せられ、哲学を将来の途に思い定めた。卒論の主題にキルケゴールを選ぶまでに。

だが大学の四年間の終わり近くなっても、心の紛糾は収まらなかった。就職もせず、不器用にも人生への出立を先のばしにして、私は、ヘッセンの小さな大学町にまで、自ら解きえぬ心の縺れを担っていった。それが留学を志したときの心の姿である。

無我夢中のうちに一年が過ぎ、夏学期の終わる頃、学生はそれぞれの郷里へと旅だって行き、やがて宿舎は空になる。月に三百マルクほどで工面する生活。旅をする余裕はなく、田舎町にこもる三ヶ月の休暇は長い。もっぱら人気無い図書室で書物を漁る。大学旧館の建物は、七月とはいえ冷気がよどみ、石の回廊には自分の足音ばかりが反響を残す。

読書に倦む日は、午後をあてどなく散策に過ごした。街を歩き回って、商いの会話、諍いの声を聴く。狭い街路の生業の音が、次々に耳を訪れては遠くかすんでいく。一人たたずむ極東の留学生に人恋しげに声をかけるのは、公園で一日中を過ごす老人たちや、鼻の先を酒焼けで赤く染めた人々。己が国のただ中にあって、彼らもまた郷里を喪っている。

晩い夏のある朝、私は思い立って森の奥を目指した。パンの塊一つを懐に入れ、宿舎の裏手から歩み出す。どこまでも薄暗い唐檜の森がつづく。時折くっきりと空が切り立ち、なだらかな丘の展望が開ける。麦畑を横切る小径の彼方に、散在する集落。さらにその向こう、幾重にも連なる森。どこまでも緩やかに起伏の繰りかえしがつづく。その地形をなぞる光と翳りが、私の意識に交錯する。故郷の空っ風の下、武甲山を望む平野の眺めに慣れた眼に、その風景は比類のない輝きとして、あるいはよそよそしい疎ましさとして心象を刻んだ。

夕暮れ近く、冬木の枝のように乾ききって帰宅した私は、そのままベッドに倒れ込み、眠りへ落ちた。遠のいていく意識に、窓に映える残光がいつまでも揺れている。夜をうねる激しい風の響きを聞いたのは、その夜のこと。夢の中を、苑の木々は大枝を裂かれ、夥しい数の果実がもがれて飛んだ。明くる朝、道の端に散らばる林檎。砕けた白い果肉から、咽せるような甘酸い香りが立ち上っていた。

大学の書物に囲まれて、私が逐い求めていたのは、峻険の高みから垂直に墜ちてきて人を捉える言葉であった。キルケゴールを導き手として、私は手探りに聖書に述べられた神を求め始めていた。私の想念は、歴史の事件や思想の伝統の中に忘れられたその現実を求め、喪われた言葉や概念の中を漂っていた。

だが、私の日々を本当に支えていたのは別のものであったかもしれぬ。むしろ私をとりまく風景が私に耳を傾け、私の祈りを聴いていた。そしてそれら、異国の自然の移りかわりのなかの風のそよぎ、光の階調、水の抑揚。それらに培われ、遙かに臨んだ呻きこそが、ある日、遺跡のように風化した私の観念にいのちの息を吹き込んだのだ。

それは「自然の呻き」と言うべきものだったろうか。二十余年の月日を経て、その響きに今一度耳を傾けたいと願う。この土塊にひとしき身の脆い感性に注がれて、凍土と化した存在を震わせ、峻厳な生の向こう側へと反響させるその言葉。その言葉を再び担うことができるかと自らに問いかける。

（『散策の小径《こみち》』二〇〇〇年、日本基督教団出版局）

事物の呻きを聴く

　ドイツ文学という学問分野に身を置いている。詩の研究者は身近に多いが、これまであえて研究という形で詩に関わってはこなかった。専門とする時代は主として一八世紀。対象は啓蒙思想、なかでも宗教との関わりを扱うことが多い。いわゆる現代詩という領域からは、幾重にも隔たっている。

　リルケやヘルダーリンなど、ドイツ抒情詩の翻訳を読むことに始まり、日本の近現代の詩を繙く。それが思春期以降、二十代初めまでの私の読書の中心だった。それはそのまま詩作への没頭の時期と重なっている。だが、読むことから書くことへの素朴な展開の途を、私は一旦閉ざしてしまった。留学して外国語の中に身を置くという状況もそこには働いたが、なによりも性急に詩の実現を求める心に、私自身の経験と言葉が追いつかなかったからである。

　二〇数年を経て、いまいちど詩作の場処に立ち戻ろうとしている。それは表向きには帰還だが、詩への関心はこれまでも失われていたわけではない。むしろ心の奥深くから私の営みを駆り立てていたと思われる。

　精神と言葉との関わりを作家や思想家の思索や作品に追求する。それはやはり、詩の根源にふれたいという願いに発していた。宗教や神学の問題に専ら関わってきたのも、人間の精神が自然を受け止め、神に向かって収斂していく歩みを、聖書の詩の伝統に照らし、その解釈の歴史の中に辿りたかったからである。

　顧みて西欧の伝統の核心はやはり聖書にほかならないと思う。「ローマ人への手紙」のなかに「被造物の呻き」を語る一節がある。「被造物がすべて今日まで、共にうめき、ともに産みの苦しみを味わっていることを、わたしたちは知っています」（八章二二節）。時代の自然環境の脅威を考え合わせると示唆に富む箇所である。だが、これは本来、究極（終末）を見据える聖書の時間意識において発せられた希望の言葉であり、その射程の大きさから見れば、昨今の「世紀末」を弄ぶ思想の流行などは底が浅い。

自然の中に神を見る。それは自然神学の途である。その反対の途を辿り、「自然の言葉」に耳を傾け、「万物の呻き」を聴く。それが私の見据えたい詩の言葉である。創造の世界という現実の中で、日本的自然観と抒情の伝統に抗して、むしろ事物の語り出す希望の言葉に耳を傾け、その通り道となる。そのような通路としての言葉の自覚のもとに、連帯の途をさがす。それが私の言葉となり、思想の営みとなることを願っている。課題はようやく明らかになりつつある。道はなお遠い。

（『散策の小径』二〇〇〇年、日本基督教団出版局）

詩への帰還

新聞の詩欄の投稿者として高校生の頃に詩「部屋」を記してから、第一詩集『眩しい光』を上梓するまで、ほぼ四半世紀の時間的広がりがある。その間、語学教師を生業としながら、専らドイツ文学・思想の領域に眼差しをすえていた。研究者として、その最初の成果を世に示すことが求められた時期に、ふと「まずは詩集を先に出そう」と心が動いた。保存されていた詩稿は、詩集一冊を形作るに充分な数を成していた。若さゆえの稚拙さは覚えたが、その一途な想いに今では及びがたいものを感じ、表現を整えるだけに止めた。纏めてみると、それはひとつの魂の閲歴を示している。その表現主義的な疾走の背後には、リルケやヘルダーリン、宮澤賢治や秋谷豊という読書や導き手の促しの跡を窺うことができる。

「井戸」「釣瓶」という連作は、本来第一詩集の中ではは他と異なる趣を持っている。それは第一詩集の到達点であったが、第二詩集『ものみな声を』にも収めたのは、それが以降の詩作への促しとなったためである。「被造物の呻き」に耳を傾ける。その動機が、以降の表現を導き、作品を形作る駆力となった。「もの」それ自体が語る、その声を聴く。「物象詩」の伝統に立つものであるが、拙詩の場合、文学的表現方法として「擬人法」を採る。これは、詩集『ものみな声を』を特徴付けている。「飼葉桶」が語り手として登場する「馬槽」を初めとして、「焰」や「燠」「葦舟」「石の柱」「ピエタ」など。ちなみに「静かな生」(ドイツ語で、画題の「静物」のこと)はこの「詩法」そのものを作品化しているが、絵画などの芸術作品もまた、「もの」として、聴かれる「声」を持つ。「燭」や「受胎告知」「風の花嫁」などがそれにあたる。

この表現志向は以降の詩集にも跡づけることができるだろう。詩集『ときの薫りに』では、「壺のひびき」「骨の歌」。そして「神の触」では、ワールドカップの場でサッカーボールに語らせている。詩集『遙かな掌《て》の記憶』では、「高圧鉄塔」「炉」「気象探査機」「船渠」「風力発電」など、「鉄の時代」の担い手たちが語り出す。それ以降の詩集にも同じ試みがある。「騎士と死と悪魔」「カササギのいる風景」などは絵画作品に耳を傾ける例。「樹」「鳥たちの深淵」「死と乙女」「変奏曲」などは、音楽との対話に基づく。詩作の営為は、そこではつねに「抒情」と「造形」という二つの焦点を見据えて動いている。

詩の世界から遠のいていた時期があったが、詩は棚上げされていた訳ではない。キルケゴールは私を哲学に導いたが、ハーマンは詩への帰還を促した。「詩は人類の母語である」という彼の言葉はその時代の標語となった。『ときの薫りに』所収の詩「北方の博士《マグス》」は、この思想家を主題としている。自然万有もまた「神のへりくだり」の姿であるからには、その「言葉」に人は耳を傾けることができる。そのような思想との出会いから、上述の「詩法」もまた導かれたといえる。

森田進氏はかつて『イースター詩集』(二〇〇六年、日本キリスト教団出版局)を編纂する際に、拙詩「ピエタ」を採用して、以下の解説を付した。「川中子義勝は、ドイツ文学研究者です。著書に『北の博士・ハーマン』などがあり、聖書研究を学生たちと熱心に行っています。福音の文学化という至難の領域へ挑んでいます。ピエタ(聖母子像)は、ヨーロッパ彫刻では、あまりにも有名ですが、詩という形でその真髄に挑んだ人は、ほとんどいません。この詩は、聖母の悲しみの底にひそやかに感受されているもの、あらたに息づいてくるものを鋭い感覚で捉えています。二連以下の最終行に注目してください。「裂かれたかれの体がゆるやかに語りはじめたから」、「かれの死がひとりで生きはじめようとしている」、「どれほどのいかりに動かされているのだろうか」、「あなたのみ手を揺すっているように」。最終連を読んでいけば、イエスの亡骸を揺すっている父なる神が登場しています。死からの再生がはっきりと予感されているのです。彫刻では、ここまで暗示することは不可能です。この詩人の思索力の奥深さにはいつも驚かされてしまいます。」

彫刻作品から聞き取った「呻き」の表現から、作者が言葉化しなかった「復活の力」の響きまで読み取ってくれている。詩作が作者だけのものではなく、解釈者もまた表現に与っている消息を、嬉しく、また感謝しつつ受けとめた。

「対話への招き」としての詩作品

　詩を読むときに、ひとは詩人の感性に説明を求めることはしないのに、作品の知的な要素には註解が要ると考える。感性には直感をもって対すればすむが、知的な側面に関しては知識を補えばもっと理解が深まるはずだと考える。その考えには正しい一面もあるが、大きな誤解も潜んでいる。宮澤賢治の詩を読む際に、作品中の星座や鉱物の知識があればたしかに理解は増すかもしれない。だからといって、天文学、地質学の知識が読解にどうしても不可欠とはいえないだろう。作品の感動を導くものは、もっと別なもの、（敢えて言えば）詩人の感性と知性とを結んでいる実感の響きというものだ。これにたいする共感（あるいは反感）は、たとえ知識の裏付けが無くとも生まれてくる。

　作品の知的要素は、作者の感性に結ばれた形で提示されている。読者は自らの感性を信頼して作品の知的要素に接すればよい。そこに誤解があっても、それはそれで、作品との一つの対話と呼べないことはない。理解できずとも、響きを聞き取ることはできる。詩の場合、それは既にひとつの出会いである。一方で、知的要素を含めて作品の意図を汲み取ろうとする営み、すなわち文学的に作品を「解釈」しようとする読み方には、読み手もその感性や知性を総動員して、自らも創作に加わりつつ作品世界を造り上げることが求められる。いずれにせよ、呼びかけられ、求められている「対話」とは、そのような相互的な営みを謂うものである。

　初めに述べたことにいささか撞着することになるが、本書に収めた作品が生まれてくる際に、作者が対話の相手とした箇所を以下に挙げてゆく。そのような知識は「詩の読解に不可欠というわけではない」と詩集『廻《めぐ》るときを』に添えた栞にも記した。その考えは変わらない。

しかし、作品の内容・語句についてもっと詳しい説明が欲しいとの声がいくらか聞こえてきた。以下は、その方々の要望に応えて、ホームページ上にすこし詳細な註解を掲載したものである。

詩集『ものみな声を』以降の拙詩においては、しばしば副題が置かれている。それぞれの詩の「表題」と「副題」と「詩行」が、互いに響き合うことが意図されている。これらの「三点測量」によって主題を深化させるとともに、その及ぶ地平を拡げることが志されている。

副題はまた、しばしば外国語で掲げられている。それは、読解の営みに、初めから副題の意味領域が含まれないようにする障壁のため。ひととおり詩行に接した後で、そこに感じ取られた主題と、ではいったい副題はどう関わり、何を示唆しているのか。そのような対話の入り口、それが副題の役割である。「グリコのおまけ」のようなもので、「おまけ」がなくとも、本文は充分味わっていただけるように、そのような志をもって詩行は綴られている。『ものみな声を』の「わがオルフォイス」は、全編がそのような成り立ちをしている。

「朝の潮流」Psyche 神話の女性名、また「心・魂」。

「ひかりの樹」Mainas ディオニュソスの巫女。

「流れゆく竪琴」David an Michal「ダビデ、ミカルに寄す」ミカルはダビデの最初の妻の名。サムエル記上第一八章他。

「焰」Charon 黄泉との境の川の渡し守。

「冬の小径」Orpheus an Hermes「オルフェウス、ヘルメスに告ぐ」後者は前者を冥界に導いた。ヘルメス（知）とオルフェウス（詩歌）の対比。

「塵を食むもの」Lazarus ヨハネ伝第一一章の死者。

「馬槽」De Profundis「深き淵より」詩篇第一三〇篇。

「燠」Contra spem in spem「望みの無い時に望み」ローマ書第四章一八節。直訳は「望みに抗して望み」。

「係留」In Montem oliveti「橄欖山へ」マタイ伝第二六章三〇節。

詳述はさけるが、全体で、神話世界からキリスト教世界へ、思想から詩へ、筆者の来歴を映している。

他にも、副題の例はある。

「歌」Magnificat マリアの讃歌。ルカ伝第一章四六節。

「北方の博士《マグス》」Höllenfahrt der Selbsterkenntnis「自己認識の地獄墜ち」。ハーマンの思想の出発点。

「養老」Philemon an Baucis「ピレモンからバウキスへ」、神話物語の老夫婦。等しい時に世を去ることを願い、叶えられて同時に樹に変容した（オヴィディウス『転身物語』）。

詩集『遙かな掌《て》の記憶』もまた同様な成り立ちをしているが、こちらはいくらか詳しく述べることにする。

高圧鉄塔
Erzengel 熾天使。ミカエルを指すことが多い。「エルツ Erz ＝ 鉱《あらがね》」は Era ＝（地質）時代と語源を等しくする。二〇〇三年九月より詩誌 ERA を刊行。連想した Erz が創刊号の詩の契機となった。

「地質時代」という大きなスパンを考えると、鉄器時代の先端に位置する（近）現代は、微細な区切りにすぎない。そこで人間は専ら同じことを繰り返してきた。

ヴァルター・ベンヤミンの「歴史の概念について」の示唆するクレーの素描「新しい天使」が想起される。だがベンヤミンの歴史観に共感したわけではない。むしろ、旧約預言書の言葉の現実が念頭にあった。

記号として人間がほしいままに操れる道具とする、平板化した今の時代の言語観に対して、言葉が、人間の実存を震撼させる「亀裂、切り立ち、背後、向こう側」を持つことを暗示。世界と等価、あるいはそれ以上の重みをもつ言葉、世界を創り出し、更新するような言葉は存在するか。

預言者がその時代の現実に対し直截に語った仕方に、政治の次元で倣うのではなく、むしろ預言の言葉、詩の言葉とは何かを追求する。預言者と詩人が未分化であった頃の、言葉の本質と使命という主題を採り上げた。

人間存在を滅びに直面させるような発話が、逆説的に、その言を受けた個人を介し、民族・社会に対する根本的な癒しを語る。審判と救済とを一挙に告げる言葉の存在を旧約預言者は指し示した。そのような言語行為の消息を示すことが、この詩集の連作をまとめるに先だった創作の根本的な動機であった。

花の庭

「母」の主題を神話的に展開する。副題の地母神Demeterは、作者の個人的な経験を普遍的な次元に開く役割を与えられている。後出「書庫の深みに」のPersephoneはデメテルの娘。冥界の王に誘拐されるが、デメテルの嘆きのゆえに、冥府から一年のある時期だけ地上に還ることを許される。

炉

「これか、あれかEnten eller」はキルケゴールの著書名。第一連は、その書に記された故事。詩歌の快い響きを喜んで迎える聴衆・読者と、その詩が出来する源の詩人の内面的・実存的苦悩との対照。第二連は、先の世界大戦で歴史の出来事に詩が直面した現実。アウシュビッツの後で詩を書くことの野蛮性を唱えたアドルノの言葉は、その一契機（アドルノの言葉に賛同を示しているわけではないが）。第三連は、戦後の科学の言葉の進展を顧みつつ、それにともなう「戦争の二〇世紀」の現実を描いた。第四連は、これを受けて詩的実存が直面する問い。真に生を裏打ちする言葉とは何かを問う。「夜の転落を支える者の手」はリルケをイメージ（『形象詩集』の「秋」）しているが。そのような優しい手の実感が遠のいた時代においては、現実の深刻さを貫くさらに苛烈で厳しい審判の言葉こそが、かえって現実の下支えとなりうる。

書庫の深みに

留学時の記憶から。そのころは、マルクス主義や新左翼のシュプレヒコールが、日本でもドイツでもまだ頻繁に聞かれた。そのころの自画像をかなり素朴に提示。「かぎりなく透明」とはその後に「なブルー」と続く作品名。芥川賞受賞作の載った「文藝春秋」をドイツの図書館の書庫で読んだ際の驚き。静かな森に囲まれたドイツの信仰の町で、やがて帰っていく現代日本の倒錯した現実を認識し、受けとめた瞬間。

黄泉の世界から帰還するペルセポネ。神話世界の提示は、日常世界からの隔絶した経験の普遍化。思想や求道の冥府巡りから、現実の生への帰還。留学ののち、またその後も旅や研究滞在ののちに覚える、茫々と果てしない途を還っていく想い。帰り着いた日常のなかでも、冥府の記憶が失われることはない。寧ろこれこそが日常を裏打ちする。

死の島へ

題名は、画家アルノルト・ベックリンの作品「死者たちの島」から。第一連と第三連は、一九七五年にハルシユタットというザルツブルク近郊の町を尋ねた経験が契機。観光町だが、近くで「鉄器時代」の遺跡が発見されたことでも有名な所。ユーラシア大陸全体にわたるその地質時代の名称は、この町の名をとって「ハルシュタット期」と呼ばれる。湖沿いの町の教会で、頭蓋骨を粗雑に積みあげた塚を見た。その後に再び訪ねたときには、その骨塚はもう片づけられていたが。

第二連は、二〇〇五年の夏にミュンヘン近郊のダッハウを尋ねた経験。収容所跡を用いた記念館には収容者がまず奪われた身分証明書などが展示されている。入口の鉄扉には「労働は自由にする」との言葉。鉄をめぐる人類史の経験が、私においては三〇年の時を隔てて照応した。「パンを水の上に投げよ」は、旧約聖書「伝道の書《コヘーレト》」第一一章の箴言。

声

「石は叫ばず」は、新約聖書ルカ福音書第一九章四〇節を示唆する言葉。一方、「慰めよ」という終連の言葉は旧約イザヤ書第四〇章冒頭に由来。エッセイ「事物の呻きを聴く」に記したように、「被造物の呻き」は拙詩の根本的な主題である。

副題の「Uranus（天）」は、世界（ガイア・地）に伏す姿からの連想。ウラノスは当代はやりの神（ゼウス）から退けられた時代錯誤な存在。そのような「忘れられた（意図的に過ぎ去ったものとされた）過去の生への共感」を暗示する。

ただそのような示唆は、副題からすぐに読み取れることではないかもしれない。先述のように、副題はいつも、理解されない場合があってもかまわない心づもりで提示されている。その示唆に気づかなくても、本文はそれなりに読めるように整えている。逆に言えば、読み飛ばすのではなく、正面から詩の解釈を問題とする人に対してのみ、作者からの謎かけ・理解への挑発の意味を込めて副題は置かれている。

気象探査機

武人の勇猛果敢な戦いぶりをたたえる――それはかつて、文学の営みの重要な一側面だった。戦争叙事詩は多くの国に存在する。代表的なホメロスの「イリアス」は世界文学の名作だが、実はギリシャのトロイ侵略を正面から正当化して歌っている。そのような戦争讃美は今の時代、もはや不可能だろう。だが、この叙事詩の中にも、時代そのものに抗する詩人の声は響いている。トロイの女預言者（巫女）Kassandra の姿で。

「カッサンドラ」は、ここでも旧約の預言者たちに重ねられている。国の滅亡を預言し、その回避の途を説いたが、誰にも聴かれなかった。審判に先立つ警告の言葉。その真実の響きが人の心に留まらない。何時の時代にもある、また極めて現代的な状況の形象化である。

現在の状況を顧みつつ、神話的世界が示唆される。状況が一義的ではなく混沌とした時代に、預言の言葉は黙示的な響きを得る。黙示の言葉とは、錯綜した現実の叙述に、多様な解釈の可能性を重ねるもの。「西の方」も、いろいろな状況を含みうるだろう。ギリシャ、イラク、そして東アジアなど。

創作の契機は、新羅侵攻を行った「息長帯日賣命」の言葉（古事記）。彼女は巫女としてカッサンドラの対極的存在。彼女の言葉は侵略の後立てとなった。
真の預言者と偽の預言者を峻別する基準は何か。それは旧約聖書の重要な問いであった。審判と滅びを語る過酷な言葉が、実は真の救いを内包している。それが、預言者の言葉の真実性を支えている。

船渠
かつて戦艦を建造し、戦地に送りだした軍港のドックの形象。艦を建造する槌音にあわせて戦争へと鼓舞する詩を歌った記憶。あるいは、みずから生んだ子を勇ましく戦地に送りだした女性の悔いなどのイメージが重ねられている。
副題の記す、トロイ戦争に因む形象がもう一つの契機。その後日譚、ホメロス「オデッセイア」。ギリシャ軍の将オデッセウスの妻ペネロペは、戦地に送った夫の帰国を待ちつづける。彼女は、征服という男の論理を彼女に押しつけようとする新しい求婚者に取り囲まれている。備えが整わないからと求婚の受け入れを先に伸ばし、婚礼衣裳を織ると見せかける営み。一日に織った織物をその夜の内に再びほどく。「月ごとに溢れ」「月ごとに断ち切られる」としたのは、月経を暗示しつつ（不幸な）子を産まない事への女性の決意を描いたつもりだが、どうか。男の論理とは、ここでは戦争肯定へと回帰していくどこかの国の風潮をも示唆。
「空虚な墓」は、新約聖書で復活の希望が基づけられる実存的基盤。文学史において、オデッセウスは「己が国を訪ねたるに、その国人、彼を受け入れざりき」（ヨハネ福音書第一章）という意味で、キリストの予型的形象とされる。しかし、これを知らなくとも、この詩が終連で、ある種の希望を描いていることは理解していただけるだろうか。死の向こう側の逆説的な希望として。

古起重機
副題のChristophorusは、ヴォラギネ『黄金伝説』に描かれる聖人の名。久しく待ち望んだ（幼児）キリストを肩に担いで対岸に渡したとされる。その故事に因んで

「キリストを担う者」の謂。

思想や信仰を形成する際には、肯定、否定のいずれを目指すにせよ、そこを立脚点とするしっかりとした土台が必要だが、その基盤の失われた現代という時代状況を描こうとした。二〇世紀の中頃には、良い意味でも悪い意味でも思想的・政治的に旗幟を鮮明にできる状況が残っていた。しかし単純に、民主主義とか戦争反対を唱えていられた時期は過去のものとなり、ことにマルクス主義の失墜以降は混沌とした状況だけが残り、テレビの画面だけが様々な移ろいを映し出している。ひとびとは何を根拠とすべきか分からぬままに、専ら利欲に惹かれて足場もなく流されていく。二一世紀へと続くそのような時代状況に堪えて、なお真実の到来を待ち続ける形象としてのクリストフォロス。

今日のクレーンに比べればみすぼらしい、一部に木材を使った古いクレーンがヴュルツブルクの河畔にあったはずだが、今では観光案内にも記載されなくなった。

水底から

自己愛の化身とされるナルシス。水に映った己が鏡像を、文字通り死ぬほど愛したというエピソードはオヴィディウス『転身物語』に由来。ここでは、その死後も鏡像だけが水中に残り、意識をもって水面をみあげているという設定。

「いのちを捧げてかえりみぬほどに」、すなわち自分以上に、自己の鏡像を愛する。このくだりは、創造における自己の「似姿 imago」のために自らを捧げる、キリストの十字架の出来事を指し示す予型像となる。予型論的歴史観は、こうして、（神話世界をも包み込む仕方で）キリスト教世界の外側にまで拡大される。

本当の意味で「愛された」と自覚する者のみが、自己の生を意味あるものと受けとめて、大切にする。聖書の肯定する「自己愛」は、そのように、愛ゆえの重大な犠牲の上に成り立っている。後半は、そのような「自己愛」の連帯として他者に開かれた共同体が時代の流れの底にかろうじて存在していることを暗示する。

共同体（教会）は「女性名詞」なので、この詩には全体的に、女性のことばの響きがある。対極の形象として、ハムレットの錯乱した自我と自己愛の犠牲となって水底に沈んだオフェーリアの連想があるかもしれない。ハムレットは近代的人間の始まりとされるが、その破滅の一因は、そのように肥大した自意識にある。「ふかい淵から」は旧約聖書、詩篇第一三〇篇の冒頭のことば。

風力発電

この詩の形象は冒頭の「高圧鉄塔」と重なる。「気象探査機」「古起重機」などで述べられた時代状況の描写をも重ねつつ、「鉄の時代を巡る」連作を締めくくる。

人には「明日の天気はわかっても、時の徴が分からない」。これは、マタイ福音書第一六章のイエスの言葉。学問や科学技術は「見つめる存在」としての人間の到達点を示す。しかし、人間は見つめる存在であるだけではなく、向こう側から「見つめられている存在」でもある。言葉とは、そのような「窓」に他ならない。

そのような光学の転換に気づかなければ、むこうがわから語り出されている「細い声」も聞こえない。「大風の中にも、地震の中にも、火の中にもヤハウェはいなかった。すべてのあとにかすかな細い声があった」（列王紀上第一九章一一―一二節）。

プロメテウスの形象は、人間存在と同じように両義的である。その巨人性に注目するならば、人間性を超える存在（神々）に対しどこまでも抗う反抗者として描くことも可能。一方で、（火の贈与者として）人間のためにへりくだり、自己を犠牲にする存在をも暗示している。後者の場合、身に矢を打ち込まれた姿でつねに描かれる聖人「セバスティアヌス（セバスチャン）」の像にも重なり、十字架の形象を指し示すものとなる。

詩集『廻《めぐ》るときを』も、『遙かな掌《て》の記憶』と通じ合う仕方で記されている。

難民の少女

一九七五年の記憶に遡る。留学先のマールブルクはフランクフルト学派の影響が強く、学風が一変していた。そこで、ピノチェト政権下の弾圧から逃れて西ドイツに亡命していた左翼系の学生たちと出会った。というか彼らは、ドイツ語の試験に通らないためにいつまでも学生以前の段階に留まり続けていた。そのうちのひとりの娘と親しくなった。あるとき彼女に、外国で暮らすのだから言葉を学ぶことにもっと熱心であるべきだと、不用意に口にした。「あなたには分からない」との一言が、これに対する抗議の言葉であった。「剣の形をした国」はもともとの文脈ではチリを指したが、その後、韓国をはじめ様々な国々の人々との出会いや対話が、この詩想を深める働きをした。「ユディト」は、旧約聖書外典「ユディト書」の主人公の女性。「エステル」は、同正典「エステル記」の主人公の妃。ユディトもエステルも、その男勝りの勇気と武勇で国を危難から救った。「わたしの国を滅ぼしてください」。これは、矢内原忠雄の言葉から啓発を受けている。盧溝橋事件をうけて矢内原は、一九三七年一〇月一日、「神の国」と題する講演の結尾に「日本の理想を生かすために、一先ずこの国を葬ってください」と語った。革命の勧めではない。そう語ることによって迫害を受ける。それは、国と民が受けるべき受難を、予め自らが代わって担おうとするものである。

騎士と死と悪魔

「騎士と死と悪魔」は、A・デューラーの銅版画。「メランコリア」「室内のヒエロニムス」とともに三大傑作といわれる作品。

世間ではホリエモンがもて囃されていたころ、虚偽利欲の追求を英雄視する時代とは袂を分かつ志に形象を与えた作品。この詩は詩誌「ERA」第六号に発表したが、同号にはエッセイ「桶職　詩人としての内村鑑三」をも載せている。詩とエッセイは、対をなすかたちで深くむすびついている。少し長くなるが引用する。

「道徳が経済に先立つと述べ、鑑三が（二宮）尊徳に見込んでいる職業倫理は、むしろ彼がニュー・イングランドでふれた独立自営手工業者のそれである。信仰者の世俗内禁欲の営みが、逆説的に経済的独立と良心の自由を培い、市民的権利の担い手を育む。ヴェーバー『プロテスタンティズムの倫理と資本主義の精神』に述べられる初期資本主義の消息である。〔…〕宇宙万有（自然）の秩序と社会の中に位置をえた個人が、高い正義感と道徳心をもってその生業（天職）に勤しむとき、政治を知らぬはずが国家の歩みをも変える。鑑三はそのような職業倫理が日本人の心に接ぎ木されることを信じた。「桶職」にはその台木に接した喜びが歌われている。

　時代は和魂洋才と称して、実学のみを学ぶ方向に動いた。本当は、蘭英の略奪貿易、賤民（パーリア）資本主義を範として、変質退廃期の資本主義、兵に伴われた経済合理性の精神を学んだのである。鑑三の散文はそのような内外の洋魂に対する批判に満ちている。〔…〕霧散した後に巧妙に飾られた和魂と虚偽、これに対する審判として先の敗戦は臨んだと、彼ならば語ったことであろう。敗戦後なおこの国が何を学びつづけているかも、この詩から明らかである。経済発展とその破綻、さらには株価操作などに対する騒動、勝ち組の英雄視などなど。近代精神の由来する本当の根源に学ばなければ、その変態に惑乱されるばかりである。

　審美的な世界認識の詩やプロレタリア詩の時代。西洋詩の流行と技量の受容に余念の無かった日本の詩史において、鑑三のこの詩「桶職」は素朴に響く。だが、その古拙な響きには、むしろデューラーの版画やバッハの音楽に通じるものがある。平易な言葉の担う思想の世界的広がりと垂直への極まり。人間の全体性を追求するのが思想・芸術の営みであるとすれば、詩はその精髄である。詩を天職とすることについて考えさせられる一篇である。」

流れゆく竪琴

　二〇一一年四月の作品。結局この年に記したのは、この詩と他の数編のみ。冒頭の二連は、かつて詩誌「地球」に発表したが、必ずしも意に沿う出来ではなかった。青年時代の留学先では、長い休暇中（旅をする資金もなく）無聊の慰めとしては、もっぱら散策を日課とする他はなかった。その行程で、しばしば墓地を彷徨ったが、横に休らう墓石の姿はゆったりとして目に快かった。だが、その「地に身をのべた石」が、覆され砕けた墓の映像として眼前に再来した時、後半の四連が生まれた。

「流れゆく竪琴」は、ギリシャ神話のオルフェウス伝承による。妻エウリュディケの死後、他の女達を寄せ付けなかったオルフェウスは、トラキアの女たち（マイナス）の怒りを買い、彼女たちに、ディオニソス祭の狂乱に乗じて身を八つ裂きにされ、ヘブロス河に投ぜられた。だが、その頭部はなおも歌い、竪琴はこれに和して音楽を奏でつづけ、ともにレスボス島に流れ着き、そこに葬られたという。この故事ゆえに、この島はのちに詩と音楽に名高い地となった。「叡智の塔」また「乱れた言葉とともに散らされてゆく」は、旧約聖書創世記、また古代オリエント世界に共通するバベルの塔の神話より。「陰府に降り三日目に死人のうちよりよみがえり」は、「使徒信条」の一節で、キリストへの信仰告白を述べた部分より。オルフェウス（詩）とキリスト（信）が結ばれている。

　詩集『魚の影 鳥の影』中の「墓苑をゆく」は、この詩と対をなすものとして構想された。

死と乙女

　ドイツ一八世紀の詩人マティアス・クラウディウスに同名の詩がある。日本では、この詩にシューベルトが作曲した歌曲として知られている。「夏まつり」は、H. M. Novak の詩「死がわれわれの窓の処に立って」に想を得た作品。かつて、詩誌「地球」に「死の舞踏」と題して発表した。幼少時に経験した日本の夏祭りや盆踊りの情景を重ねた。「骨肉」は、人間の「肉体・身体」を表す聖書的表現。「あいつがしずかに振りかえる」。振りかえる死の貌。註釈に「主、振り反りてペテロに目をとめ給う」（ルカ伝第二二章六一節）と、正反対の脈絡を示唆した。死と生の二重映し。死の深刻な現実に向かい合う所でのみ、キリストの出来事は生起する。

「水風船」。縁日の出店で（ときに水槽に浮かべて）売っていた色とりどりの風船。「ヨーヨー」とも呼ばれていた。

「逸る風がまっぷたつに」は、エリマ・エリシュ（アッカド創世神話）より。神々の世代間の争いの際に、バビロニアの主神、風の神マルドクは、母神ティアマト（水の神）の懐に多量の風を吹き込んで、その腹を弾けさせた。その後に、神々の賦役につく奴隷として人間が創造される。「幼子のように泣き叫んだ」は、ギルガメシュ叙事詩より。ギルガメシュはウトナピシュティム（旧約聖書のノアに相当する存在）から創世の洪水の秘話を聞く。神々（古代神話では「文明の担い手」を指す）は、気まぐれに洪水を起こしたが、そのあまりの恐ろしさにみずから驚き慌て、萎縮した。「心沈んだ神々は座って泣いた」。「イシュタルは（人間の）女のように叫びわめいた」と記されている。

「水はむしろ抱かれたのだ風の息吹に」は創世記第一章二節を示唆する。「地は形なく空しくして、闇、淵の面にあり。神の霊、水の面を覆いたりき」。「霊」の語は「風」や「息」の意義を含む。これは、ヘブライ語に限らず、ギリシャ語やラテン語、また、その派生語としてのヨーロッパ近代語（英語、仏語、独語など）総てにあてはまる。

「右の手」「左の手」。神の「右手の業」とは、キリストの十字架に示されるような、神の愛と救いの業を指す。ルターはこれを神の「本来の業 opus proprium」と呼ぶ。しかし、ルターは他方、神の業には、人間には忖度の許されぬ「左手の業」もまた属することを指摘する。神の怒り、神の審きは、その「異なる業 opus alienum」であり、これは、人をして神の本来の業へと追い込んで行く働きをする。地上の生につきものの苦難や人生の究極の死は、そのような「左手の業」であり、神にかかる両面があるからこそ、ひとは生への問いを生涯担いつつ、真摯にその一生を歩んでいく。

国境《くにざかい》にて

この詩は、「詩と思想」誌の特集「九」に応えて記された。成ってまだ日もない頃、加藤常昭氏の主宰する東京聖書塾セミナーに招かれた際に披露した。加藤氏は著書『文学としての聖書』（二〇〇八、日本キリスト教団出版局）でこの詩全体を引用して、心を込めた言葉を添えてくれた。

「ルカによる福音書第一七章一一節以下が語る、重い皮膚病を癒された一〇人の男たちの物語である。詩人自身がほとんど淡々として朗読する詩の言葉を聴いていて私は感動した。福音書の言葉を語り直すその言葉に好奇心が呼び起こされ、いきいきとこころは反応した。最後の三行は特に身にしみてわかった。〔…〕

〔…〕既に癒しが起こっている。イエスの命令で祭司たちのところにゆく途中の男たちの物語である。いちいち註釈は要らない。詩人の想像力が豊かに羽ばたいているのはすぐわかる。〔…〕突然宿痾から解放された男たちが何を考え、何をしようとしたか。詩人はここで、風を語る。癒されて、主イエスの言葉もしぐさもわからないままに、そのもとを離れた男たちは、腐臭を放っていた自分たちの「肉の身から何かが芳しく薫りたったのだ」と知る。互いに顔を見合わせ、「腹の底からこみあげる歓びに促され／一斉に躍り上がって駆けだしていた」。だがたちまち風が腐り、澱んでしまう。肉体は新しくなっても、その心の願いが腐っていたからである。

ただひとり、しかし、立ち止まった。「あの人」のところに立ち戻るために。なぜか。誰もが回避するこの国境を訪ねてくれたこの人に「密かな意図」が隠されていることにきづいたからである。そのとき「すでに風が癒されている」。その風に乗って、言葉が濁りを捨て、澄み渡る賛美となる。鮮やかなイメージが浮かび上がる。男たちを取り巻く空気を語る「風」という言葉であるのかもしれないが、「風」は聖書においては「霊」を意味することも思い起こす。

ついでながら、「そんな世の仕打ちとは／まだ血を流すまでに戦ったことがない」という詩句は、「あなたがたはまだ、罪と戦って血を流すまで抵抗したことがありません」というヘブライ人への手紙第一二章四節を反映していることは確かである。主イエスに癒されながら、罪と戦うことができず、むしろ敗北している男たち、これはあなたがたの物語ではありませんか、と詩人は問うているのであろう。だからこそ、そこからあの方のところに「立ち戻る」男の姿が浮かび上がる。言うまでもなく、この「立ち戻り」は、「悔い改め」にほかならない。

このような詩を読むとき、われわれ説教者はどれほど励まされ、慰められ、自分もまた立ち上がることであろうか。凪は私のところでも癒される。」

このような文章を読む時、詩人もまたどれほど励まされ、慰められることであろうか。

ときの象り／廻《めぐ》る時を

回帰する時間というと、仏教の輪廻や古代ギリシャのピタゴラス学派の思想、近代ではF・ニーチェの「永劫回帰」などを思い浮かべるかもしれない。それらを排除するわけではないが、「廻る時」という観念で作者が想定しているのは、ヘブライ・キリスト教における予型的な歴史理解である。かつて生じた出来事が、その出来事の当事者ですら知らなかった意義を得て、後の時代に生起する。そのように時の呼応として「充実した時（カイロス）」が繰り返し生起する。たとえば、預言とその成就の関係として理解された時間把握のことである。この詩にかぎらず、この詩集の作品において、形象はそのような時間意識から導かれている。ただ、この詩に関しては、作者の還暦、また結婚三〇年目の記念という素朴な動機も響いている。「天地が新しくなる」。新約聖書 黙示録第二一章一節。

カササギのいる風景

P・ブリューゲル晩年の油彩画。カササギはヨーロッパのみならずユーラシア大陸にひろく分布している。日本では珍しいが韓国では身近な鳥とのこと。絵画に照らしつつ詩の存立と詩人のあり方を描いた。

ぶなの森で

「柵山」。地名エッタースベルク Ettersberg の直訳。古都ヴァイマルの郊外に位置する。詩人ゲーテが宰相の執務から一時逃れて騎馬散策を重ねた場所として知られる。「偉大な錯誤」とは、ゲーテ晩年の劇詩「ファウスト」の生涯からの連想。その第一部、グレートヒェンとの逢瀬が導く彼女の運命や、第二部の結末近く、海岸の干拓の場面など。人間の抱く理想と、図らずもそれが導き出してしまう暴虐との、落差のおおきな現実を示唆した。「麓の町」は、ゲーテやシラーの古典主義の町、ヴァイマル。「若い妻」とは、ゲーテの妻（久しく内縁）クリスティアーネ。彼女は詩人に先だって亡くなったので、この詩に描かれているのは詩人の意識に浮かぶ姿。「ぶなの森」は、地名ブーヘンヴァルト Buchenwald の直訳。詩聖にゆかりの地名「柵山」を強制収容所に冠することを避けるためにこの名が選ばれた。「斬られた樫」は、収容所跡地に残る「ゲーテの樫」の切り株。

婚約者／夜のしずく

「獄（ひとや）」。ディートリヒ・ボンヘッファーが収監されていた牢。ボンヘッファーは、ドイツ告白教会の牧師。ヒットラー暗殺計画に連なったために逮捕され、一時ブーヘンヴァルト収容所に拘禁されていた。ドイツ敗戦直前、ベルリンにて処刑された。「善きものの密かなちから」は、彼が遺した詩の冒頭一節。

朝のしずく

「堤岩里」。日本統治下で朝鮮の人々に暴虐が加えられた地。地域の人々を集めた教会に火がかけられたため、多くの人が焼死し、逃れようとする人々は惨殺された。「若者」とは、丹羽篤人氏の出会った韓国人。肉親をそのような弾圧で喪ったが、日本人を愛し、キリストを伝える願いを抱いて来日したという。丹羽篤人氏は戦後、堤岩里への贖いに力を尽くされた方。後半の描写は、丹羽氏の語りに負う。前半のブーヘンヴァルトの形象に結んだ。「死はついに死を打ち砕いた」は、M・ルターの讃美歌「キリストは死の縄目に囚われたり」の一節「ひとつの死がいまひとつ（の死）を喰いつくした」から。

変奏曲

「最も若い日」とは「終末の日」の謂。「枯れ骨の野」は、旧約聖書 エゼキエル書第三七章の場景。前掲の詩「エステル」の「肉が生じ 骨が立ち上がる」という描写は「枯れ骨の復活」を描いたこの章にある。

　冒頭に記したように、詩を読む際に、詩の言葉の担う知的要素に通暁しなければ、その詩を理解できないと考えるのは全くの誤りである。読者は自らの感性に則って、作品から聞き取れる作者の実感に対峙する時、そこに共感（ないし反感）は生じうる。それはもう立派な読解の出来事と言いうる。だが、もし知的な側面でも作者や作品に積極的に近づきたいというのであれば（いわゆる「解釈」という文学的営みが問題であるならば）、生半可な知識を振りかざすことは、（ことにそこに解釈者の自足や高ぶりが潜む場合）読解の歩みも、かえって足もとが危うくなるだろう。

　詩作品に何らかの知的な形象が引かれる場合、それは、表現する主題を裏付けたり、強調する意図に基づいている。そこに持ち込まれる言葉は、もとの文脈にたいして、その距離感の故に、意味を付け加えて深めたり、新たな地平を開いたりする。古典の示唆などは、そのような文学空間の拡大を目指している。だが、その場合、作者が元の文脈でその言葉を用いることは、むしろ稀である。そのような「正直な引用」は、作品をそれが引かれた原典の影響下に置き、ただ「亜流」を作り出すだけである。作品は、当該の引用の「仕様解説書」以上のものにはならない。ゆえに、詩人が何らかの形象を特筆して用いる場合、そこにその言葉の伝統的文脈への「批評」や、言葉の担う現実への「異化」が込められており、そのような「距離感」にこそ価値が置かれている。逆に言えば、その言葉や事柄に初めから通じている人は、（安易にその知識を適用すると）かえって作者の意図から遠ざかってしまう事がありうるのである。

　引かれる形象はむしろ、そのような「偏差」に基づいて新たな詩想が、作者と読者の間に繰り広げられるための起爆剤である。解釈者には、その「偏差」に気づきうるほど予め事柄に通じているか、少なくとも接近する意欲が求められている。そこまでの努力や忍耐を作品が呼び起こすことができない時には、ただ投げ捨てられるだけであろう。いずれにせよ、作品とは、そのような危険を見込んだ上で提示されている対話へのひとつの挑発なのである。

　自らも創作に加わりつつ作品世界を造り上げる。詩の読解とは、創作もまたそうであるように、事柄に呼びかけられ、求められている「対話」であり、そのような相互的な営みを謂うものである。

解説

聖書と詩的対話の力

中村不二夫

1

　これまでの人生を振り返ってみると、幼年期から少年期の竹馬の友、青年期の生涯の友、壮年期の仕事上の上司や同僚など、つくづく人との出会いの意味の深さを考えさせられる。どの出会いも何かしら私に影響を与えているが、ただ、ここでいう人生の岐路となった特別な出会いは、数えてみると、そんなに数あるものではない。

　それまで、川中子義勝とはキリスト教詩人会や「地球」でお会いした程度にすぎず、親しく話したことすらなった。そんな川中子を渋谷の喫茶室ルノアールにお呼びし、詩人クラブへの協力を依頼したことがある。世紀が変わる前後であったと記憶している。当時私は詩人クラブを、世界に通用するアカデミック・サロンにするという、石原武元会長の打ち建てた壮大な構想の実現に頭を悩ませていた。その改革の旗頭として、私は詩人研究者の川中子に白羽の矢を立てたのである。それからの川中子は、多忙な教職生活の合間を縫って、二〇〇〇年代中期以降、理事長、会長を歴任、詩人クラブを牽引するようになっていく。ちょうど神楽坂エミールが閉館したこともあり、クラブの例会会場や研究会、あるいは新年会など、会員の親睦のために東大の各施設を開放してくれた。川中子の言動はきわめて人に対して抑制的、かつ冷静沈着だが、問題解決に対しては積極的に立ち向かう不思議なパワーをもっていた。そんな誠実な人柄が、会員たちに浸透し絶大な信頼を集めていった。私は川中子と共編で『詩学入門』（二〇〇八年・土曜美術社出版販売）を出版しているが、これはクラブが二〇〇一年九月、詩の研究機関として立ちあげ、そこでの詩論研究会の講演記録をまとめたものである。川中子を介し、松浦寿輝、松岡心平、小林康夫など、各界を代表する研究者たちの講話を聴講する機会を得ることができた。あの渋谷の喫茶室での出会いと対話がここまで発展し、実を結ぶとは予想もしていなかった。

東大駒場の川中子教授の書斎をなんどか訪れたが、書棚から寄贈された詩書がはみ出していた光景が忘れられない。もちろん、専門はドイツ文学や思想史なので、洋書や哲学書が主たるものであったが、そこには溢れんばかりに寄贈された詩書が共存していた。というより、厖大な詩書が専門書の棚を侵食していたといってよく、川中子は学者であっても根っからの詩人であることを確信した。まだ川中子は五〇歳前後であったが、すでにその時点において、やがて学窓生活に別れを告げた後、詩人として生きていく覚悟を決意していたのかもしれない。

2

一言で現代詩と言っても、川中子のように高邁な詩学に支えられたアカデミックなものから、旧「野火」などのサークル系の生活詩までそのフィールドは実に幅広い。他の短詩型文学のように特別なヒエラルキーもなく、だれもが自由に詩誌の刊行を通し、一瞬にして家元(主宰者)になれる利点がある。この障壁のなさは心地良く、この世界は資格や経歴に縛られず、つねに創作者ファーストの立場で物事が進んでいく一方、かつて華やかな受賞歴を誇った詩人も、しばらく沈黙しているとすぐに忘れられてしまう。総じて、過去へのリスペクトがあまりないプラグマチックな世界といってもよいだろう。

川中子の履歴を辿ってみると、多少の迂回はあったが、詩人になるべくして生まれてきたようなところがある。そこにはまだ陽を見ぬ詩の原石が無尽蔵に眠っているかのようにみえる。この文庫を一区切りに、さらにそれを汲み出す作業を続けていってほしい。

私たちは川中子の詩を、どういう角度で読んでいったらよいのか。その専門はドイツ文学とキリスト教思想史だが、それを詩に転用しようとするといささか読み違いが起きる。というより、その専門分野をわれわれの浅薄な知識で理解すること自体が難しい。よく言われるように、詩作品はそれのみで自立していて、読み手は川中子の詩論や私の解説に幻惑されることはない。

川中子の詩集について、順を追って解説していく方法もあるが、それをしていると、いくら枚数があっても足りなくなる。ここでは、その詩人の全体像に迫ることで、運よく読者への一手引きとなれば有難い。

まず、川中子の詩の特徴で、だれもが頭に浮かぶのは聖書を介した独特のアレゴリー表現である。そもそも聖書全体の大半がアレゴリーで構成されているので、それを自らの創造に引き付けて叙事的に書くのが一般的手法である。川中子の詩は聖書本来の叙事性を一つの焦点としつつ、そこにもう一つの焦点、抒情的なアレゴリーを加味するいわば二つの焦点を持つ楕円的な言語手法によって創られていく。そこでのアレゴリー表現には強弱があって、それが使われていない場合、埼玉という風土に根差した純粋な抒情詩になる。ここでは、主にアレゴリー表現を含むものに特化して論じていくことにしたい。よって、本解説は文庫全体を論じたものにはならない。

キリスト者の詩となれば、八木重吉の信仰詩のように調和的な平易詩、山村暮鳥の詩集『聖三稜玻璃』のように反逆的な難解詩などに見られるように両極端で、つまり、詩人たちは聖書の内側に入って穏当なプロパーになるか、それが嫌で内部告発めいたアウトローになるかのいずれかである。未だかつて、川中子のように聖書的世界という古代の建造物にどっしり軸足を置き、詩言語でキリスト教詩をリノベーションした詩人はいない。川中子の詩は聖書的世界の梁を維持しつつ、その外装を現代に対応させていくモダン建築様式のようなのだが、なぜ、このような幾何学的な発想に行き着いたのか。私にはそこでの主たる動機は、無教会主義を通した聖書伝道の意思の現われにあると思われるのだがどうだろうか。その詩は、細かく分解していくと、アレゴリーがすべて文書伝道への道へとつながっている。ある意味、詩人川中子義勝を詩的伝道プログラムの創始者と命名してもよい。川中子の抒情的なアレゴリーは、きわめて文明批評的なものを内包し、従来の「四季」派的な情景描写ではないし、言うまでもなく内面を切削する生活抒情詩系でもない。強いていえば、歌う詩から知性的な詩に更新した鮎川信夫の硬質な戦後的抒情に近いかもしれない。いわば、川中子はキリスト教伝道者の人的伝道を詩作行為に変えてみせているのである。

　明治のキリスト教禁止令の解除以降、欧米諸国からプロテスタント教会各派が、こぞって日本各地の居留地へ布教のため進出してきた。プロテスタンス各派の教義は、多少の差はあっても、聖書を軸とした福音主義で、典礼を基本とするカトリック系の教義とは対立する。それをさらに深化（進化）させたのが、内村鑑三によって創設された日本独自の無教会キリスト教であり、内村の教義を引き継いだのが川中子の研究対象としている矢内原忠雄である。さらに矢内原以降、前田護郎、杉山好などがそれを継承し、そして、その系譜の現在に川中子がいる。これらの詳細な流れについては、川中子の著書に当たって確認してほしい。無教会主義は教会を持たないが、積極的に同会信者たちによる集会が定期的に開催され、とくに無教会派の聖書精読の熱心さは追随を許さないといわれている。キリスト教信者には自明だが、川中子の無教会はカトリック（秘跡）、聖公会（聖奠《せいてん》）、プロテスタント（礼典）、正教会（機密）のようなサクラメント（目に見えない神の恵みを目に見える形で表す行為）をもたない。ちなみに私は山村暮鳥が牧師をしていた日本聖公会の信徒で、主日にはカトリック教会のような歌ミサがある。いわば、私は川中子とはちがう立場でこの解説を書いているので、少々的を外れてしまうことがあるかもしれない。

　川中子の詩の骨格となっているのは、ことばへの確たる信頼と思想である。だれもが知っている聖句に、「初めに言《ことば》があった。言は神と共にあった。言は神であった。この言は、初めに神と共にあった。万物は言によって成った。言によらずに成ったものは何一つなかった。言の内に成ったものは、命であった。この命は人の光であった。光は闇の中で輝いている。闇は光に勝たなかった。」（ヨハネによる福音書一：一—五）がある。とくに掲げる必要のない人口に膾炙したものであるが、あえて掲げたのは、川中子のすべての問いがここに集約されているからである。

いわば、川中子が無教会を通して感得したのは、聖書のことばの力によってのみ立つ、キリスト教信仰への揺るぎない姿勢価値である。それはキリスト者の思想ではあっても、つきつめれば、詩語の創造を通して、その内なる美意識をも同時に涵養していく重層的な側面がある。そこには、まるで啓示を受けたかのように詩人の感性が万象に反響し、神秘性を帯びた象徴的な詩句が光の粒のように生まれてくる。宗教と詩の統一的止揚、そのことに格別の異論はないが、いわば異教徒の詩人たちに対し、どのようにその心的現象を説明できるのか、あるいはサクラメントを重視するカトリック系宗派にとって、聖書の重視には同意できても、ことばを超えた身体性優位の主張にどう対峙するのか。また、翻訳された「言」の中身についての言語学的な見地からの検証も必要になってこよう。ある意味、川中子の詩は聖書の言によって武装された精密機械のようであるが、別の角度からみると、あまりに手の内が明かされ過ぎて無防備にもみえてくる。しかし、こうした神学論争めいた議論はここでは無意味である。読者は、あえて矛盾するようであるが、川中子の詩をキリスト教の枠に嵌めず、聖書を通したことばの思想によって作られていると理解する程度でよいのではないか。詩的伝道であっても、それは聖書の言を伝えるためであって、そこにはいわゆる我々が見聞しているカトリックやプロテスタントなどの宗派的教義は入ってこない。詩的伝道が成立した背景に、川中子の無教会主義思想があり、そこは理解しておく必要があるかもしれない。

川中子の修辞的特性を共時性とすれば、通時的には秋谷豊のネオ・ロマンティシズムからのつよい影響がある。川中子と秋谷豊との関係は四十五年前に遡る。当時大学生だった川中子は秋谷豊選の朝日新聞埼玉文化欄に詩の投稿を始めている。秋谷の推薦で「部屋」という作品が、一九七三年の詩部門・年間最優秀賞に輝く。これは文庫にも収録されているが、若者特有の自我に引き寄せての感懐詩や、森羅万象への憧憬的な抒情作品ではなく、自身の身体内部を部屋にアレゴライズした技巧的作品である。一歩間違えると、社会秩序の枠から振り落とされ、いかにも自閉に陥りそうな繊細さである。その後、秋谷豊主宰の文芸誌「山河」に誘われ参加するが、学業生活を優先し、いったん詩作活動を休止してしまうのだが、総合的に判断して、この選択は不本意ではあっても間違いではなかった。そのまま、「部屋」の自閉的世界を突き進んでいけば、早くに詩人になれたかもしれないが、おそらく実生活がどこかで破滅していたのではないか。川中子は学業を磨き、それが安定したところで詩の世界に復帰したのは、それによって護られた最愛の家族たちもいたわけで、賢明な選択であった。いわば、秋谷の推薦で有望な新人として世に出たものの、それを活かすことなく、詩作を再開する一九九〇年代まで十数年の月日が流れていった。一九九九年、第二詩集『ものみな声を』に憧れの秋谷豊から「万象の声たちを自らに問う詩集」という帯文をもらう。

二〇一六年十月二十九日、秋谷豊を偲ぶランプ忌で、第六回秋谷豊詩鴗賞の贈呈式があり、受賞者の川中子は記念講演「時代の明け方へ　―秋谷豊の詩の歩み」を語り今は亡き恩師に報いた。詩集『廻《めぐ》るときを』に収録されている「大樫」は秋谷への渾身のレクイエムである。与野の大樫は樹齢千年、関東随一の巨木で、国指定天然記念物として、金比羅天堂の境内に堂々とそびえ立っている。

ランプ忌の後、すぐに関係者によって、『秋谷豊の武蔵野』という企画がのぼり、ご子息の秋谷千春を動かし、翌二〇一七年、土曜美術社出版販売から出版された。そこに川中子は一世一代ともいうべき渾身の解説を寄せている。川中子と秋谷豊の師弟関係、詩誌「地球」との巡りに触れていくと切りがない。読者には直接巻末の年譜を参考に川中子によって書かれたものにあたっていただきたい。こうして解説を書いていくと、つぎつぎに積み残しが起きてしまうのが辛い。

3

川中子の詩的世界は超越的かつ無限の時間を内包している。これは戦後現代詩宿痾の命題でもあった不可能性への挑戦といえなくもない。川中子の詩作は極度の緊張感が強いられる高度な知的作業である。詩作を再開した後、詩的活動は学業や信仰と渾然一体となって展開してきているといってよい。なぜ、このような文学的境地に思い至ったか、それらは自身の著作で明らかにされているが、ここでは、その動機めいたものの一端を紹介してみたい。それは三十年勤務した東京大学教養学部が発行する「教養学部報」五八七号（二〇一六年十一月一日）、「駒場、その出会いの三十年に」という文章である。同号は川中子の退任特集のような編集で、三十年にわたる東大教員時代の活動が総括されている。六十五歳の定年というのは、壮年期にそのリハーサルをやり終えたというようなもので、人生一〇〇年の時代、そこからの実人生の本番と見るべきである。川中子はドイツの大学に留学中、まさに奇跡的に十八世紀ドイツの思想家ハーマンの書物に出会う。帰国後、そのハーマン研究に没頭し、『ハーマンの思想と生涯』（一九九六年・教文館）などの著作を世に問う。このハーマン（一七三〇ー一七八八）こそ、川中子を詩界に押し出した人物である。前述の文章で、川中子はハーマンの研究によって「私自身の探求の関心は、詩と聖書の深い結びつきそのものへと導かれていった。聖書にも『詩学』と呼びうる言葉の秩序がある。」と、自らも思想と詩の架橋についての根拠を述べている。川中子にとってハーマンは「『詩は人類の母語』であることを唱え、人間本性の内でも非合理的な感情と想像力を悟性（理性）の分別以上に重んじた。」（前著・P一五一―一六）存在で、「今や聖書の歴史は、読み手の表象に映し出される一連の像にとどまらずして、逆に読み手の現実を映し出すものとなった。」（同・P六〇）と述べている。

これからの川中子にはハーマンへの精励恪勤を、詩に転位させ、それを完成の高みへと導く果てしない課題があり、神の言と詩言語を、どのような形で詩作に融合していくのか楽しみでもある。

ここまで、簡単に川中子の詩の骨格について述べてきた。つぎに進む前に、それらをひとまず確認しておくと、まず、川中子の詩には聖書の精読、ハーマンの宗教哲学と文学が下地にあり、そこには神の言と詩言語の融合ということを目指した詩学が措定されている。そして、そこに詩作活動の出発時に出会った秋谷豊の純粋詩論が加味されている。川中子の秋谷へのリスペクトには、生地浦和周辺を基盤とした地域主義、いわば中央文化圏におもねらない反文明的姿勢への共鳴がある。どちらかといえば、ハーマンの啓蒙思想も、ライバルのカント（一七二四―一八〇四）に比べ、日本では傍流の思想家であったことから、川中子は立場を明確にしてはいないが、その根底に中央的権威への反発があるのかもしれない。それでは、もう少し話を先に進めていきたい。

川中子の数ある著書のうち、私にとって印象深いのは編訳ベルンハルト・ガイエック『神への問い　―ドイツ詩における神義論的問いの由来と行方』（二〇〇九年・土曜美術社出版販売）である。これは川中子自ら「本書は近現代詩がキリスト教の直中から成立してくることを伝えている。そこに示される経過の意義と問題を考えることは、いわゆる宗教詩を超えた、ひろく詩とは何かを考える端緒となる」とする意欲作である。ガイエックは一九二九年、西ドイツ生まれで、川中子同様、ハーマンの研究者で、クレメンス・ブレンターノ研究、全集編纂などで知られているという。これはガイエックの著書だが、翻訳者川中子との共同制作といってもよいほど、その論点が川中子詩学の内実に通底している。ヨーロッパ文学は、すべてキリスト信徒、キリスト教的伝統のもとに生まれているが、本著はドイツにおける讃美歌が詩に与えた影響を、近代から現代に系統だって道筋をつけた労作である。川中子は単にその事実を紹介するために本著を刊行したのではない。この本の結びとして、川中子は「ドイツ文学から日本の状況へ」という文章で、ある面で文学論争を前提とする刺激的な問題提起をしている。

キリスト教の浸透度の浅い日本では、文学的営為が信仰の問題と出会う地点で、必ずしもキリスト教的主題が明確とならない。だが、北村透谷や山村暮鳥のようにキリスト教を明確に主題化した人々のみではなく、程度の差はあれ、主題がある程度共通の基盤に立つ限り、夏目漱石、芥川龍之介、太宰治、萩原朔太郎などの創作活動をキリスト教文学の視点から問うことは可能なはずである。（P二七二）

ここで述べられているのは、ドイツの文学史を下敷きに、新体詩（讃美歌受容も含む）から口語自由詩に発展した日本の近代詩本体であるが、それらがほとんどキリスト教的主題から逸脱していったことへの重要な指摘である。ここで川中子は明らかにキリスト教受容の痕跡がみてとれる小説家の名前を挙げているが、新体詩の始祖島崎藤村はもとより、朔太郎の好敵手であった三木露風の名前をあげてもよいし、室生犀星の『愛の詩集』なども聖書抜きでは生まれていない。戦後詩以降においては、鮎川信夫のカトリック性もそうだし、キリスト教を主題に、その関係性を洗い出したら切りがない。本著はそうした詩史の読み替えを示唆した翻訳書として、第十回（二〇一〇年）日本詩人クラブ詩界賞を受賞している。川中子は近代詩のキリスト教受容を批判的に分析することで、逆説的に近代詩が聖書のことばを土台に構築されたものであることを証明してみせた。

また、ここで川中子は前述したように、キリスト教と文学の関係について、暮鳥のように反逆姿勢をとるか、八木重吉のように神の僕として従順に仕えるかの二者択一の立場を示さない。

本著に詳しく見てきたとおり、その展開には、キリスト教から自己を疎外していくような方向すら含まれる。ただし、それは逆に言えば、そのような展開すらをも可能性として含むような実質的営みが先立って厳として存在し、初めて可能となることであったといえよう。（P二七〇―二七一）

ここで川中子が待ち望んでいるのは、キリスト教を軸にした文学的な検証と対話ということである。これ以上、本著の内容を述べる紙幅はないが、ガイエックの言葉でとりわけ印象に残っているのは、つぎの箇所である。

聖書の言葉や宗教讃美歌は、もういやというほど戦争への合言葉として用いられてきた。人間は聖書の文章や讃美歌の祈りから繰り返し聖戦や拷問、火刑、排斥へと自らを駆り立ててきたのである。

（P六一）

これはガイエックにおけるキリスト教への自己批判だが、さらに、それを具体化したのがつぎの言葉である。

芸術とは神の創造の再現であり、芸術家とは、世界創造者の一つの比喩かつ模造に他ならない。これはアリストテレスの芸術理論と同方向のものといえる。一方、芸術は世界の完全性を、現実に存在する禍をも含めて描き出す可能性だとする立場もある。救済の必要、不完全さからの救いと解放の可能性と現実性が一つ一つの作品で示される。そんな仕方で世界の不完全さ、また現実の悪をも示す。芸術はそのような可能性を持っている。これは、キリスト教的な芸術理解のプラトン的視角であり、とりわけロマン主義において追求された仕方である。

（P一六三）

ここには、川中子詩学の神髄があり、詩人として何をすべきかという問いにガイエックは「芸術とは神の創造の再現であり、芸術家とは、世界創造者の一つの比喩かつ模倣に他ならない。」と明確に答えている。本著は翻訳書ではあるが、川中子詩を解読するにあたっての有効かつ最適なテキストであるといってよい。

この翻訳書の刊行を受けて、翌年川中子は問、髪を容れずに『詩人イエス　―ドイツ文学から見た聖書詩学・序説』（教文館）という問題作を世に問うている。こちらを対象にしてもよかったのだが、ここではあえて刊行が先行する翻訳書を論じた。この著書も一章を割いて論じたいのだが、本著によって川中子詩学は一応の完成をみたといってよい。少しだが、それに触れておくと、それはイエスを主題に、キリスト教の礼拝で歌われる讃美歌を詩的範疇として取り上げていることである。その前提として、イエスが歌う姿が唯一描かれている「彼らは、さんびを歌った後、オリブ山へ出かけて行った」（マタイ二六・三〇）という記述に光を当てている。キリスト信者たちは、こぞってイエスが詩篇に触れていることに反応はするが、讃美歌を詩として意識することはないという。そこで川中子は、讃美歌のことばを通し、イエスの言葉がいかに詩的なものであったかの探究に没頭する。前述したカトリック系の礼拝は、通常神を賛え、イエスの生涯を讃美する歌ミサ形式がとられる。そこに司祭（牧師）の説教が入り、その他主日の教会暦日に合わせた讃美歌を四曲程度歌い、ほぼ九〇分程度で当該聖餐式の礼拝は終わる。おそらく、川中子の讃美歌が意味するところは、こういう形式的なものを指していない。この書で試みられているのは、形骸化した讃美歌の中から、詩言語の意味内容を奪還することであり、それができてはじめて日本の近代詩受容の真実が掘り起こされるという主張につながっている。その論拠を示すため、ここで川中子はガイエックの近代詩受容同様、独自の視点でルターの讃美歌やバッハの音楽に論及している。バッハ関連でいえば「詩と音楽の関わりについて　―バッハ・カンタータ第一〇六番の示唆するもの」（二〇〇六年九月三日・日本詩人クラブ現代詩研究会／宇都宮青年会館）の熱演が忘れられない。実際にバッハのカンタータを会場で流し、「バッハの音楽全体が言葉（詩）を重んじている」ことを立証した独創に溢れた画期的な講演であった。

私は時折気が向くとコンサート会場に行き、鈴木雅明指揮のバッハ・コレギウム・ジャパンのカンタータを聴いたりする。心地よく音楽に酔うことはあっても、あえてそれを詩として意識したことはなく、パンフレットの翻訳詩に目も通さずに演奏が終わってしまうことさえある。川中子はそういう視聴態度に警鐘を打ち鳴らし、やはり讃美歌やカンタータといえども、音楽に酔いしれるだけではなく、神の言としてそれを理解すべきだという。その主著には、かつての内村鑑三や矢内原忠雄に共通する梃子でも動かない気骨心が感じられる。

本著は既成の定説に対し過激かつ挑戦的で、古代修辞学に出てくる詩神ムーサイに対し、つぎのような対立軸を打ち建てている。

キリスト教文学においては、そのようなトポスの究極として〈詩人キリスト〉が現れる。古くから、イエスの言葉や譬えには詩が指摘されてきた。今日も素朴にイエスを詩人に数える者も多い。だが修辞学的伝統には、キリストをはっきりと詩人と述べる立場がある。古キリスト教文学は、詩的導き手としてのムーサイやアポロを拒否した。

（P一六九―一七〇）

これ以上入ると、解説の役割を大幅に脱線してしまうので、詩人イエスについて論じるのは別の機会にしたい。

4

かつて私はキリスト教詩人会の集まりで、川中子の詩作品「釣瓶」というアレゴリー作品について研究発表したことがある。この作品が蔵する修辞的要素は、川中子のすべての詩に共通しており、この一作に集中してその言語的特性を考察してみたい。その前に、川中子の『詩人イエス』から、自身がアレゴリーについて説明している部分を紹介しておきたい。

アレゴリー　allegory（寓喩、諷喩）の原語アレゴリアは〈別のことを語る〉の謂である。クインティリアヌスはこれを「持続された隠喩」と定義した。別のものを表すことが明瞭な譬えが、場面や物語の全体にわたって続き、しかもそれが抽象的・道徳的な理念に対応している場合、これをアレゴリーという。（P一六四）

きわめてまっとうな分かりやすい定義で、とくに紹介する必要もなかったことであるが、アレゴリーの理念が道徳性を内包しているという主張に着目したい。よって、当然のことながらアレゴリーの言語遊戯性は否定される。さらに、同書の「トポス論の背景をなすのは、詩と神学の対置である。」（P一六七）という指摘にも目を留めておきたい。

それでは、詩の解説に入っていきたい。

釣瓶　われ渇く

（ヨハネ福音書一九章）

釣瓶は渇く／ふかい渇きがつきあげる／虚空に吊るされたしずかな姿勢で／その不自由な位置にたえつづける／夜の頂に　白く縁どられた雲のながれ／地の底にこおる銀色の丸鏡／いずれからもはるかに遠く／ふたつの時に分かれた境に　（一連）

まず「釣瓶は渇く／ふかい渇きがつきあげる」の書き出しを直視したい。つまり、この何かに飢え渇くという所作は、この作品に限らず、川中子詩全体の基調音といってもよい。「虚空に吊るされたしずかな姿勢で／その不自由な位置にたえつづける」のは人類を微分した作者ということだが、いったい何に対して飢え渇いているのか。しかも渇きは永遠を覗き込むように深い。しかも、その渇きは何かの加療によって解消できるような外的なものではない。癒されることはない超時間的な心的渇きである。釣瓶である主人公は、日々の中、地下水を汲み上げてはそれを別の容器に移し替える単純な作業を続けている。いうなれば、作者の日常的内面は何かに渇いたまま放置され、どこにもそれを癒すべき場がない。その渇きは神の言につながり、そこでようやく解決の糸口がみつかる。いわば、釣瓶を精神内部に置き換えてみると、そこには、つねに中空で何かを希求し、永遠を待ち望んでいる孤独な使徒の姿がある。そして、作者の渇きを充たすのは終わりのない問いでしかなかったことが明かにされる。いわゆる、「夜の頂に　白く縁どられた雲のながれ」と「地の底にこおる銀色の丸鏡」の対置をみていくと、釣瓶に与えられた任務は天をめざすことと、地に沈む肉体との往還運動に翻弄されるしかない。それを川中子の実存といってしまえばそうなのだが、事はそんなに単純なことではない。

川中子は詩人として出発し、途中の学業生活を挟んで、意外と早期に詩の世界に復帰してきている。つまり、こうも言えるかもしれない。どこかで川中子は釣瓶の不安定さに気づき、その解決を思想哲学の領域ではなく、詩の不可能性という特性に委ねようとしたのだと。詩は思想哲学のように論理の構築も求められず、数学のように対象が数値化されることもなく何の答えもいらない。それを究極の自由とみるか、不自由とみるかは個人の価値観に委ねていくしかない。

キリスト者としての川中子の渇き、それを癒してくれるのは本来聖書のはずだが、ここにはそれが明示されることなく、「虚空に吊るされたしずかな姿勢で／その不自由な位置にたえつづける」しか方策はない。このアレゴリーはどういう意味をもっているのか。釣瓶である私は、ただ地上に住居を有しない漂白者、流浪の民のひとりといってよいのか。

はじめの日は明けそめよ――/薄明を貫き/空洞の穿たれた時から/いくたび/いくたび　果てと果てとを/行き来してきたことか/いくたび　微光だにとおさぬ/水底ふかく泡たつうめきを/営々と運びあげてきたことだろう/やがてその定まらぬ形が彼をはなれて/陽光におのれをうちあけるとき/いっせいに歓呼の声となってきらめく/ああいくたびその諧調を聴いたことだろう　（二連）

川中子の「釣瓶」によれば、つねに人間はこの世に不定形な存在として、不安定な生を引き受けなければならない。川中子は思想哲学として、キルケゴール（一八一三―一八五五）に探究したが、この詩にはそこからの宗教的実存の影響がつよい。そもそも、キルケゴールによれば、人間が機械の一部と化したのは産業革命以降で、そうした物質至上の非人間化が二度の大戦を挟み、今も世界は数えきれないほどのテロや暴動に明け暮れている。川中子のここでの不定形としての危うい生の感受は、キルケゴールの時代に遡行してのことではなく、現代人の心象そのものといってよい。ますます人間はキルケゴールの唱える非人間化が加速化し、いずれはその仕事の大部分はＡＩ（人工知能）にとって代わられるという。

ただ、ここで不定形の位置に甘んじていた釣瓶が、「はじめの日は明けそめよ」と一転攻勢に打って出る。作者は突如釣瓶に希望を与えるのである。釣瓶はそれまでの沈黙を破って、全身を震わせ、超越的な歓呼の声に包まれる。川中子のアレゴリー手法は、作者の心象がそのまま対象と一体化するのではなく、そこに自身の分身ともいうべき発話者の存在を措定している。その詩は、基本的に秋谷豊の唱えるネオ・ロマンティシズムだが、一見象徴主義的な詩風にみえるのは、作者の主体から独立させた発話者という第三の声の存在設定にある。それによって読者は、作者の心情に沿って解読を進めるのではなく、発話者によって生み出される、自在な物語性の中に誘い込まれることになる。これは川中子独自の特異な詩的技法といってよく、戦後現代詩の領域で、こうした技法を取り入れている詩人はあまり見当たらない。あえて言えば、キリスト者詩人の石原吉郎と構造主義的な詩人入沢康夫を修辞的に合体させたようなものといえよう。ほとんど前例のない言語野を、画家ミレーのように黙々と耕している孤独な姿が彷彿される。これも、ハーマンのいう「一般に〈伝道〉の三要素として、対話の場をとりまく〈聴衆〉、対話の真の〈対峙者〉としての〈聴き手〉、そして〈語り手〉自身の三つを挙げることができよう。」(『ハーマンの思想と生涯』・P八九—九〇)という主張からの影響なのか。

そして、このアレゴリーの基盤になっているのは、川中子のいう聖書世界の再現(ミメーシス)で、発話者の声をもって、リニューアルされた聖書世界の断面が仮説化される。ある面、これは川中子詩の数式のようなもので、分かる人には分かるのだが、それが感性のアンテナに触れない場合、その詩が難解に写ってしまうかもしれない。しかし、それは川中子詩の意味の深さに起因し、読み手の能力が作品世界に追いつかないということに相関関係はない。

そして、いよいよ「釣瓶」はエンディングに向かう。

(喜悦がこの身をもふるわすごとに/かつてあれほど恐ろしく迫った定め/——いつしか天を支える縄は断ちきられ/闇ふかく箍はことごとくはじける/おお　定められたその極みの墜落こそが/いかなる希望にかわることか……)//釣瓶は渇く/ふかい渇きがつきあげる/夜の一点にとどまる/在処の祝福を省みるごとに/やがて彼をなげうつ者の渇きが/そのまま釣瓶のあざやかな形となる

「喜悦がこの身をもふるわすごとに/かつてあれほど恐ろしく迫った定め」とあり、釣瓶の歓喜の裏側には、存在としての拭い去ることのできない苦悩が潜んでいることが開示される。作者は釣瓶の実存を通して、単純作業の反復、報われることの少ない行為に耐える現存在、すなわち人間の一生を切実に活写しているのかしれない。この連を読むと、人の運命は釣瓶のように板子一枚下は地獄で、だれにも命を保証する手立てがない。釣瓶がそうであるように、あるがままに中空に身をさらし、来るべき神からの祝福の時を待つしか術はない。この詩は、キリスト教では死こそが解放の時で、キリスト者の実存は死を生きることにあるといってよく、死はそれまでの行為が一瞬にして報われる瞬間ということになる。

この詩はクライマックスで、再び冒頭の「釣瓶は渇く／ふかい渇きがつきあげる」というフレーズが復唱される。釣瓶である彼は、夜の一点にとどまり、「やがて彼をなげうつ者の渇きが／そのまま釣瓶のあざやかな形となる」ことでエンディングとなる。

この詩は詩集『ものみな声を』の中に収録されているが、そのあとがきにつぎのようにある。

世界は良い意志をもって創られ、導かれている。かかる信のもとで、現在の呻きを余儀なくされている万象の響きに共鳴し、事物の密やかな希望の声を聴く。そこには抒情と造形のひとつの途があると私は考えている。

川中子によれば、キリストによって世界は「良い意志をもって創られ、導かれて」いるのだから、なぜ人間はそれに沿って被造物としての自覚において生きていけないのかということになる。この詩は、そうした人間による神への背信行為を釣瓶の中に実存的に描いてみせたといってよい。

「釣瓶」に拘泥してしまったが、「井戸」という作品もまた、「水は渇いていた／渇いて重く澱んでいた」で始まっている。詩作品としては「釣瓶」を除けば、「朝の潮流」「ひかりの樹」「流れゆく竪琴」「焰」「冬の小径」と、とくに聖書に拘らずとも、心地良い抒情作品が多い。「詩《うた》も破れているのだ／世界が壊れてしまったからには／雨後の葉の針先にきらめく／ひかりのひとしずくほどにも／ことばはとどまるものを／うちたてはしない」（「冬の小径」）などのフレーズなどに、秋谷豊のネオ・ロマンティシズム精神のＤＮＡを受け継いでいることがうかがえる。

聖書は人口に膾炙しているノアの洪水やバベルの塔をはじめ、人間世界の傲慢さを戒めるアレゴリーが満載である。川中子は戒律をもって臨むタイプではないが、かなり現世に生きる人間の傲慢さに怒りを感じている。

5

これまで、川中子には六冊の詩集がある。『遙かな掌《て》の記憶』（二〇〇五年・土曜美術社出版販売）については、すでに私は「福音文学としての詩」として長文の解説を寄せている。ここではそこでの記述を繰り返さないが、川中子が語った印象的な言葉として、ハーマンの「祈りとは、祈る者が意のままに為しうるものではなく、神の語りに耳を傾ける」という言葉がある。

詩集『遙かな掌《て》の記憶』について、川中子はホームページで、かなり詳細な作品解題を公開し、本文庫にも『対話への招き』としての詩作品」として収録されている。そして、もうひとつ『ものみな声を』以降の詩集所収の作品の多くは、外国語の副題を付けている。川中子によれば、それは「それぞれの詩の『表題』と『副題』と『詩行』が、互いに響き合うことが意図されている。」とのこと。私は川中子の詩を福音文学と書いたが、そこには市井の場において聖書を軸とした対話を求めようとする姿勢がある。

『遙かな掌《て》の記憶』の第一部は「鉄の時代をめぐって」で、これついて川中子は、簡単に二十世紀は鉄の時代と言い切ることはできないとしている。

巻頭作品は「高圧鉄塔　Erzengel」で、これについて詳しい解説が試みられている。「Erzengel」は熾天使でミカエルを指すことが多いという。このようにすべての作品にドイツ語の副題がついている。

はるかに遠ざかる／時の源から／滅ぼすことばが
／唸りとなって轟いてくる／／ひとつの世界をなぎ
たおし／うなる高電圧がその背中ではじけ／青白
い閃光をはなつ／／時代の夜に佇つ／あたらしい烈
天使は／そのように激しく翼を焼かれねばならな
い　（部分）

川中子は解題を記す意味内容について、「対話への招き」としているので、これは作品の説明ではない。対話のための単なる素材の提供といってもよい。そこでの解題は、作品本体の説明ではなく、読み手を対話に導くためのレジュメである。川中子のいう対話とは、「〈神の語り〉を聴き、これを〈人の語り〉の中に語り出すという職務は、対話の重層化の課題としてハーマンに自覚された。〈人との対話〉は〈神との対話〉を映しださねばならぬ。」（『ハーマンの思想と生涯』）という記述に表われているものである。これにブーバーの「神と語りあうことなしに、人間と語り合おうとする者の言葉は全きものとならない。だが、人間と語りあうことなしに、神と語り合おうとする者の言葉は、迷誤におちいってしまう。」（田口義弘訳『我と汝・対話』一九七八年・みすず書房）を加味して考えてもよい。かつて日本記号学会会長だった森常治（一九三一―二〇一五）が「連帯宣言」と称し、応答詩という新ジャンルを開拓したが、それに匹敵するユニークな詩人の応答の試みである。

はじめ私は、この詩集の解説に着手する際、当然のことながら解題に触れず書き進めたので、すこしピントが狂っていたのかもしれない。詩のタイトルに拘泥し、すべての詩作品を「鉄の時代」という時代背景に拘泥し読んでしまっている。その一部を再掲させていただきたい。

一個のキリスト者として、全力を傾けて「鉄の時代」の超克に挑んだ「死の島へ」、「いったい誰の記憶なのか／このわたしは／世界に重なろうと／伏して地に耳かたむけている」と、「被造物の呻き」という位置から絶対的他者との一致を望む「声」。神の領域に土足で入り込む無恥で傲慢な人間を描いた「気象探査機」。ナチスがユダヤ人のシナゴーグや商店を破壊し、虐殺を行った三八年十一月九日夜は有名な「水晶の夜」。ここでの「水晶の炎」は十六世紀宗教改革の時代に行われた迫害がモチーフ。神の器としての人間に復活の希望を託した「船渠」。予型論の具現化ともいうべき「水底から」。キリスト者としての風習を素朴に描いた「燻煙の夜に」など。（「福音文学としての詩」）

私は答案用紙の答えを覗きみるように川中子の解題を読む。「死の島へ」の解題に「鉄器時代」の遺跡が発見とあるので、この詩集は鉄の時代ではなく、鉄器時代と呼ぶのが正解であった。ただ、「水晶の夜」は正鵠を得ている。「声」の解題に、私が指摘した「被造物の呻き」は「拙誌の根本的テーマ」とあるのはうれしい。この詩の副題の「Uranus」（ウラノス・天）は、「世界（ガイア。地）に伏すその姿からの連想。」で、「ウラノスは当代ははやりの神（ゼウス）から斥けられた時代錯誤な存在」とあり、副題の重要性を感じる。それは『忘れられた（意図的に過ぎ去ったものとされた）過去への共感』を暗示する。」ものだという。詩作品「船渠」で書かれている「空虚な墓」は、新約聖書の復活の希望に基づく実存的基盤とし、「文学史において、オデッセウスは『己が国を尋ねたるに、その国人、彼を受け入れざりき』（ヨハネ伝）という意味で、キリストの予型的形象とされる。」とある。ここでの川中子と私の応答は、知的な言語ゲームといってはいけないが、答え合わせはわくわくしてきて面白い。いわば、解説する側も応答を求めているである。川中子によれば、ハーマンのいう予型論とは「聖書解釈学の一つの立場として成立したものである。それは感性的かつ形象的な聖書の歴史的記述を、救済史として統一的に理解しようとする。」（『ハーマンの思想と生涯』P七一）

ものだという。

ただ、川中子の詩の読解について、その知性偏重に一定の歯止めをかけなければならない。詩の解読をする場合、知性は感性を補完することの意思確認をしておきたい。それについて川中子は、宮沢賢治の天文学・地質学の例を出し、「感性には直感をもって対すればすむが、知的な側面に関しては知識を補えばもっと理解が深まる」と解読方法を示唆している。詩の解読が感性のみで完結すれば、こうした私の解説も不用ということになり、これはこれで知性の劣化という別の問題が起きてくる。私も川中子同様、はじめに詩作品があって、そこに当該知識の付加価値をつけることに異論はない。詩集『廻《めぐ》るときを』にもこの手法が踏襲されている。

最新詩集は『魚の影　鳥の影』だが、もうこれに触れる紙幅はとっくに超えている。「世界の閾で」など、多くのページを割いて論じたい欲求にかられる。また、この詩集の二人称的な試みについての紹介もできなかった。長々と駄文を書いてきて、いろいろあちこち脱線してまい、何か肝心のことを書き落としている感は否めない。しかし、それさえも未完の対話として許してもらえるだろうか。自ら、その言葉に甘えてひとまず筆を置きたい。

川中子義勝年譜

一九五一年七月二二日、埼玉県、与野市（現さいたま市）に生まれる。父、利勝、母、シヅ。

一九五八年、与野市下落合小学校入学。翌年、埼玉大学教育学部付属小学校に編入。隣の浦和市へバス通学。授業で書いた詩が誉められ、学校文集に載る。

一九六四年、同付属中学校へ進学。この頃ケストナー詩集『抒情薬局』を読む。真似た詩を書く。

一九六七年、埼玉県立浦和高等学校に入学。美術部、合唱部に所属。卒業の頃、「蛍雪時代」の投稿欄に詩「愛について」他が採用される（選者は山本太郎）。

一九七一年、埼玉大学教養学部入学。詩「部屋」で朝日新聞埼玉版「詩投稿欄」の年間賞を受賞（選者は秋谷豊）。秋谷豊を中心とした埼玉の詩誌「山河」に加わる。専攻は独文・仏文のいずれかを迷ったが、あえて哲学とした。大学時代、「地球」の投稿欄「地球の椅子」に何回か掲載される。

一九七五年、埼玉大学教養学部卒業。卒論は「キルケゴール『死に至る病』における〈自己〉について」。

一九七五年、七月、「聖書」の他数冊を背負い旅行ビザで渡航。西ドイツ・マールブルク大学留学。キルケゴール研究に挫折した頃、神学部書架に「ハーマン著作集」を見いだす。一九七七年、帰国。

一九七八年、東京大学大学院人文科学研究科独語独文学科入学。生野幸吉のゼミでヘルダーリン、柴田翔のゼミでベンヤミンを読む。

一九八一年、三月、修士課程修了。修士論文「〈聴く〉と〈語る〉――J・G・ハーマンにおける著作活動の成立」。四月、熊本大学教養部に赴任。

一九八七年　東京大学教養学部助教授となる。

一九八八年、八月～一〇月、ドイツ・レーゲンスブルクに研究滞在。一〇月、西ドイツ・ミュンスターにおける第五回国際ハーマン学会にて研究発表。論文は、同学会編『ハーマンと啓蒙の危機』（一九九〇）に掲載。

一九九二年、三月、『情念の哲学』（伊藤勝彦他との共著、東信堂）に「創造と性―J・G・ハーマンの啓蒙主義批判」を執筆。

一九九二～九三年　フンボルト財団研究員として家族と西ドイツ・レーゲンスブルク大学に研究滞在。

一九九五年、四月、三〇年前から書きとどめた詩稿を見直し、第一詩集『眩しい光』（沖積舎）を上梓。秋谷豊氏への帯文依頼を機に再び交わりを得て、詩誌「地球」の同人に加わる。

一九九六年、四月、ドイツ文学評伝『ハーマンの思想と生涯―十字架の愛言者 Philologus crucis』（教文館）。九月、詩絵本『ふゆごもり』（いのちのことば社、二〇〇六年九月再刷）。一〇月、西ドイツ・マールブルクにおける第六回国際ハーマン学会にて研究発表。論文は同学会編『ハーマンと英国』（一九九九）に掲載。一一月、研究書『北の博士・ハーマン』（沖積舎）を上梓。この頃、日本キリスト教詩人会に入会（詩誌「嶺」）。

一九九八年、四月、東京大学大学院総合文化研究科教授となる。五月、『詩華集・わがオルフェ』（共著、銅林社）に「転身譜―トラーキアの娘に」を執筆。七月、『人間イエスをめぐって』（木田献一他との共著、日本基督教団出版局）に「詩人イエス―低きにくだる〈神の詩〉」を執筆。八月、ヨハン・ゲオルク・ハーマンの研究と日本での紹介翻訳に対してアマーリエ・フォン・ガリツィン賞を受賞（同名財団による生誕二五〇年記念特別賞）。ドイツ・ミュンシュターにおける授賞式において講演「ハーマンとミュンスター敬虔派」。一〇月、『さやかに星はきらめき』（共著、日本基督教団出版局）に「馬槽・船・墓―イエスの眠り」を執筆。一一月、W・アイヒロット著『ＡＴＤ旧約聖書註解　22　エゼキエル書上一～一八章』（翻訳、ＡＴＤ旧約聖書註解刊行会）を刊行。

一九九九年、一二月、第二詩集『ものみな声を』（土曜美術社出版販売）上梓。

二〇〇〇年、一月、『詩華集・リタニア』（共著、銅林社）に「祈りの星位」を執筆。二月、詩エッセイ集『散策の小径《こみち》』（日本基督教団出版局）を上梓。二月、日本現代詩人会に入会。三月、日本詩人クラブに入会。四月～九月、フンボルト財団研究員としてドイツ・レーゲンスブルク大学に研究滞在。一一月、『詩華集・創世記』（共著、日本キリスト教詩人会編、教文館）に「方舟」「石柱の詞」を執筆。

二〇〇一年、八月、『〈言語態〉―ことばの生存領域研究　第2巻　創発的言語態』（共著、藤井貞和他編、東京大学出版会）に「啓示と応答としての〈うた〉」を執筆。

二〇〇二年、第二回日本詩人クラブ詩界賞選考委員（以後、二〇〇七年まで六期を務め、二〇〇六年は選考委員長）。三月、『北方の博士・ハーマン著作選（翻訳・註解）』（沖積舎）上梓。六月刊行の『岩波キリスト教辞典』（大貫隆他編）に文学関係の四七項目を執筆。一〇月、『聖書　呼びかける言葉』（共著、婦人之友社）に「私が命のパンである」を執筆。一一月、第三詩集『ときの薫りに』（土曜美術社出版販売）を上梓。一二月、譚詩絵本『ミンナと人形遣い』（沖積舎）を上梓。

二〇〇三年、五月、埼玉詩人会入会。九月、詩誌「ERA」を創刊（ERAの会発行、編集は北岡淳子、田中眞由美、川中子義勝、二〇〇八年まで毎年二冊ずつ一〇冊を刊行）。日本詩人クラブ機関誌「詩界」の編集長となり、一一月、二四三号を発行（以降二五〇号まで毎年二冊を編集刊行。「現代詩研究会」を企画し、依頼した講演を毎号に掲載。）

二〇〇四年、四月、『矢内原忠雄』（編著、「日本の説教」第一一巻、加藤常昭他監修、日本キリスト教団出版局）を刊行。一〇月、R・ボーレン著『源氏物語と神学者―日本のこころとの対話』（翻訳、教文館）を上梓。

二〇〇五年、一二月、第四詩集『遙かな掌《て》の記憶』（土曜美術社出版販売）を上梓。

二〇〇六年、五月、『詩華集・聖書の人々』（共著、日本キリスト教詩人会編、教文館）に「ミカル、ダビデのまえに唱う」「銀貨を抛つ」を執筆。

二〇〇七年、七月、『哲学の歴史7　理性の劇場』（共著、加藤尚武編、中央公論新社）に「ハーマン」を執筆。九月、R・O・ヴィーマー著『ねずみにとどいたクリスマス』（翻訳絵本、いのちのことば社フォレストブックス）を刊行。

二〇〇八年、三月、『詩学入門』（中村不二夫との共編著、土曜美術社出版販売）を刊行。詩誌「ERA」を「第二次」として創刊（中村不二夫発行、川中子義勝編集、二〇一三年まで一〇冊を刊行）。

二〇〇九年、第一九回日本詩人クラブ新人賞選考委員。第一五回埼玉詩人賞の選考委員長を務める。七月、B・ガイェック『神への問い―ドイツ詩における神義論的問いの由来と行方』（編訳書、土曜美術社出版販売）を上梓。

二〇一〇年、一月、『詩人イエス―ドイツ文学から見た聖書詩学・序説』（教文館）上梓。三月、『高校生のための東大授業ライブ　熱血編』（共著、東京大学教養学部編、東京大学出版会）に「矢内原忠雄と教養学部」を執筆。四月、『神への問い―ドイツ詩における神義論的問いの由来と行方』によって、第一〇回日本詩人クラブ詩界賞を受賞。

二〇一一年、六月、『別冊水声通信　坂部恵　精神史の水脈を汲む』（共著、水声社）に「〈語りとは翻訳である〉『子供の自然学』執筆をめぐるハーマンのカント宛書簡を中心に」を執筆。六月、（一社）日本詩人クラブ理事長に選任され、九月例会にて就任講演「抒情詩の中の〈私〉について」（於・東京大学駒場キャンパス・ファカルティハウス）。一〇月、第五詩集『廻《めぐ》るときを』（土曜美術社出版販売）を上梓。一一月、『矢内原忠雄』（鴨下重彦他との共編著、東京大学出版会）に「『宗教改革論』と東大聖書研究会」を執筆。

二〇一三年、六月、「第三次 同時代」に三四号から加わる（二〇一六年の解散まで同人）。六月、（一社）日本詩人クラブ理事長に再選され、七月例会にて就任講演「詩の自覚の歴史」（於・東京大学駒場キャンパス・ファカルティハウス）。八月、『詩華集・聖書の女性たち』（共著、日本キリスト教詩人会編、教文館）に「難民の少女ユディト」「壺のひびき」を執筆。一〇月、詩誌「ERA」を「第三次」として創刊（編集発行、川中子義勝）、「ERA」ホームページも開設。

二〇一六年、第二二回埼玉詩人賞の選考委員長を務める。四月、『悲哀の人・矢内原忠雄』（かんよう出版）を上梓。四月、『東京大学「教養学部報」精選集、「自分の才能が知りたい」ほか教養に関する論考』（共著、東京大学教養学部教養学部報編集委員会編・委員長、東京大学出版会）を刊行。九月、第六詩集『魚の影 鳥の影』（土曜美術社出版販売）を上梓。一〇月、第六回秋谷豊・詩鴗賞を受賞。記念講演「時代の明け方へ―秋谷豊の詩の歩み」（於・北浦和カルタスホール）。

二〇一七年、第三四回現代詩人賞（日本現代詩人会主催）の選考委員長を務める。三月、東京大学を定年退職。最終講義「駒場での学びから―詩と宗教をたずねる途上で」（於・東京大学教養学部一八号館ホール）。これまで執筆・出版した全著作・文献名を網羅した『駒場での学びから』を制作（私家版）。五月、詩集『魚の影 鳥の影』で第二三回埼玉詩人賞を受賞。六月、（一社）日本詩人クラブ会長に選任され、七月例会にて就任講演「山の詩・故郷の詩―秋谷豊の詩を中心に」（於・早稲田奉仕園リバティホール）。一一月、R・ボーレン『祈る―パウロとカルヴァンとともに』（翻訳、教文館）を上梓。一二月、岡野絵里子と詩誌「彼方へ」を創刊。

二〇一八年、三月、内村鑑三記念講演会にて「真理の継承―内村鑑三から矢内原忠雄へ」と題して語る（於・今井館、一二月、「無教会研究」二一号に掲載）。同月、『詩華集・聖書における背きと回帰』（共著、日本キリスト教詩人会編、教文館）に「骨の歌」「馬槽」を掲載。

二〇一九年、三月、日本基督教学会関東支部会にて、「〈神への問い〉―ドイツ現代詩を辿って」と題して講演（於・白百合女子大学）。

現住所　〒三三八―〇〇〇四
埼玉県さいたま市中央区本町西二―二―三

新・日本現代詩文庫146　川中子《かわなご》義勝《よしかつ》詩集

発行　二〇一九年七月二十日　初版

著者　川中子義勝
装丁　森本良成
発行者　高木祐子
発行所　土曜美術社出版販売
〒162-0813　東京都新宿区東五軒町三―一〇
電話　〇三―五二二九―〇七三〇
FAX　〇三―五二二九―〇七三二
振替　〇〇一六〇―九―七五六九〇九

印刷・製本　モリモト印刷

ISBN978-4-8120-2518-5　C0192

新・日本現代詩文庫

土曜美術社出版販売

141 小林登茂子詩集　解説　高橋次夫・中村不二夫
142 万里小路譲詩集　解説　近江正人・青木由弥子
143 稲木信夫詩集　解説　広部英一・岡崎純
144 清水榮一詩集　解説　高橋次夫・北岡淳子
145 細野豊詩集　解説　北岡淳子・下川敬明・アンバル・パスト
146 川中子義勝詩集　解説　中村不二夫

〈以下続刊〉

山岸哲夫詩集　解説　〈未定〉

1 中原道夫詩集
2 坂本明子詩集
3 高橋英司詩集
4 前原正治詩集
5 三田洋詩集
6 本多寿詩集
7 小島禄琅詩集
8 新編菊田守詩集
9 出海溪也詩集
10 柴崎聰詩集
11 相馬大詩集
12 桜井哲夫詩集
13 新編島田陽子詩集
14 新編真壁仁詩集
15 南邦和詩集
16 星雅彦詩集
17 井之川巨詩集
18 新々木島始詩集
19 小川アンナ詩集
20 新編井口克己詩集
21 新編滝口雅子詩集
22 谷　敬詩集
23 福井久子詩集
24 森ちふく詩集
25 しま・ようこ詩集
26 腰原哲朗詩集
27 金光洋一郎詩集
28 松田幸雄詩集
29 谷口謙詩集
30 和田文雄詩集
31 新編高田敏子詩集
32 皆木信昭詩集
33 千葉龍詩集
34 新編佐久間隆史詩集
35 長津功三良詩集
36 鈴木亨詩集
37 埋田昇二詩集
38 川村慶子詩集
39 新編大井康暢詩集
40 米田栄作詩集
41 池田瑛子詩集
42 遠藤恒吉詩集
43 五喜田正巳詩集
44 森常治詩集
45 和田英子詩集
46 伊勢田史郎詩集
47 鈴木満詩集
48 曽根ヨシ詩集
49 成田敦詩集
50 ワシオ・トシヒコ詩集
51 高田太郎詩集
52 大塚欽一詩集
53 香川紘子詩集
54 井元霧彦詩集
55 高橋次夫詩集
56 上手宰詩集
57 網谷厚子詩集
58 門田照子詩集
59 水野ひかる詩集
60 丸本明子詩集
61 村永美和子詩集
62 藤坂信子詩集
63 門林岩雄詩集
64 新編原民喜詩集
65 新編濱口國雄詩集
66 日塔聰詩集
67 武田弘子詩集
68 大石規子詩集
69 吉川仁詩集
70 尾世川正明詩集
71 岡隆夫詩集
72 野仲美弥子詩集
73 葛西洌詩集
74 只松千恵子詩集
75 鈴木哲雄詩集
76 桜井さざえ詩集
77 森野満之詩集
78 坂本つや子詩集
79 川原よしひさ詩集
80 前田新詩集
81 石黒忠詩集
82 壺阪輝代詩集
83 若山紀子詩集
84 香山雅代詩集
85 古田豊治詩集
86 福原恒雄詩集
87 黛元男詩集
88 山下静男詩集
89 赤松徳治詩集
90 梶原禮之詩集
91 前川幸雄詩集
92 なべくらますみ詩集
93 津金充詩集
94 中村泰三詩集
95 和田攻詩集
96 藤井雅人詩集
97 馬場晴世詩集
98 鈴木孝詩集
99 久宗睦子詩集
100 水野るり子詩集
101 岡三沙子詩集
102 星野元一詩集
103 清水茂詩集
104 山本美代子詩集
105 武西良和詩集
106 竹川弘太郎詩集
107 酒井力詩集
108 一色真理詩集
109 郷原宏詩集
110 永井ますみ詩集
111 阿部堅磐詩集
112 新編石原武詩集
113 長島三芳詩集
114 柏木恵美子詩集
115 近江正人詩集
116 名古きよえ詩集
117 新編石川逸子詩集
118 佐藤真里子詩集
119 河井洋詩集
120 戸井みちお詩集
121 金堀則夫詩集
122 三好豊一郎詩集
123 古屋久昭詩集
124 佐藤正子詩集
125 川端進詩集
126 桜井滋人詩集
127 葵生川玲詩集
128 今泉協子詩集
129 柳内やすこ詩集
130 新編甲田四郎詩集
131 大貫喜也詩集
132 今井文世詩集
133 中山直子詩集
134 林嗣夫詩集
135 柳生じゅん子詩集
136 原圭治詩集
137 森田進詩集
138 水崎野里子詩集
139 比留間美代子詩集
140 内藤喜美子詩集

◆定価（本体1400円+税）